Jürgen Kehrer

Das Geheimnis der Tulpenzwiebel

D1796049

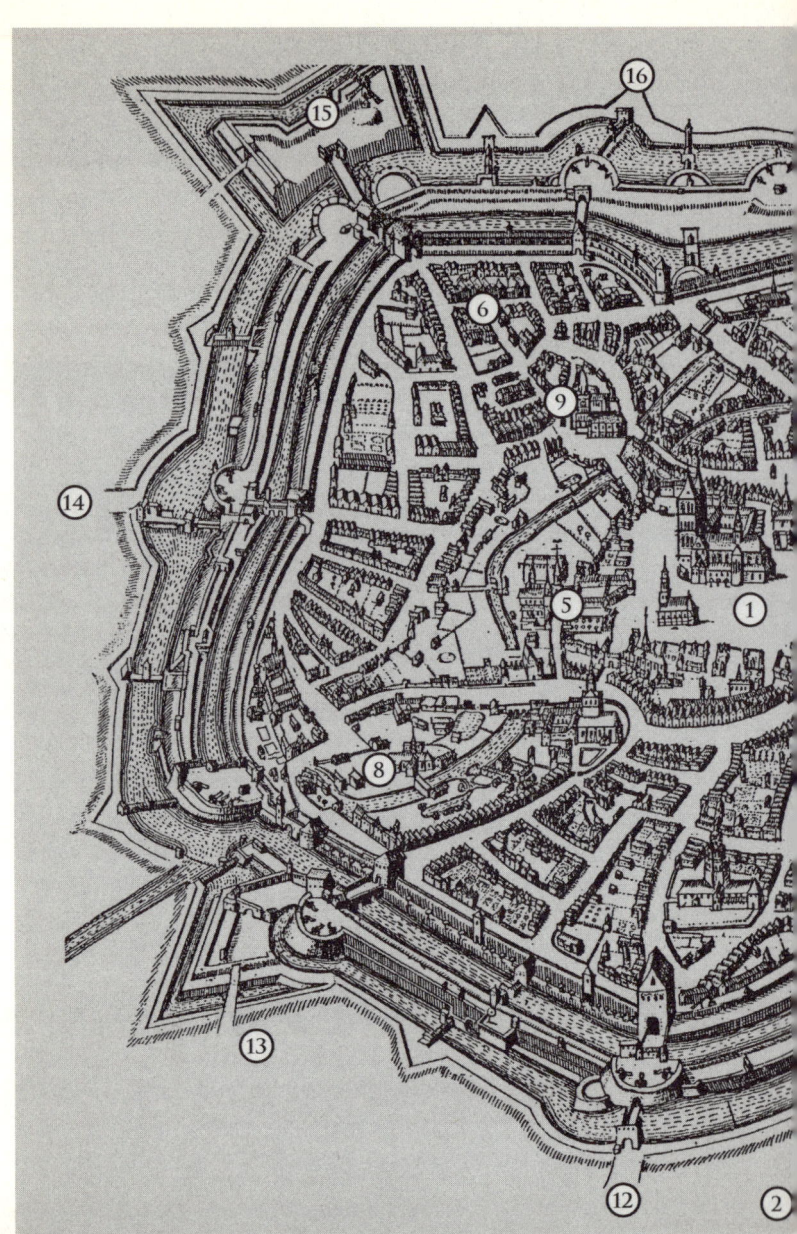

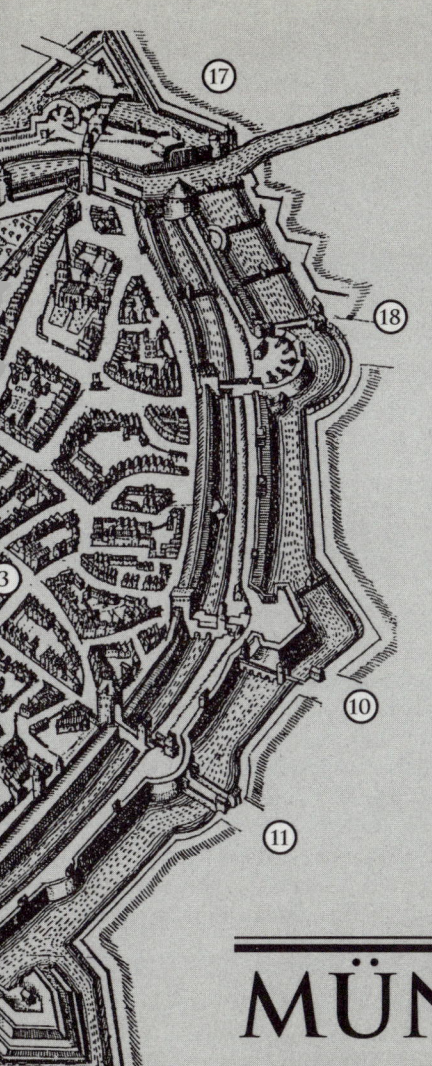

1. DOM UND DOMPLATZ
2. GALGHEIDE
3. LAMBERTIKIRCHE
4. MARKT UND RATHAUS
5. GYMNASIUM PAULINUM UND JESUITENKOLLEG
6. KUHSTRASSE
7. KRAMERAMTSHAUS
8. KAPELLE ST. GEORG
9. LIEBFRAUENKIRCHE
10. MAURITZTOR
11. SERVATIUSTOR
12. LUDGERITOR
13. ÄGIDIENTOR
14. LIEBFRAUENTOR
15. JÜDEFELDER TOR
16. KREUZTOR
17. NEUBRÜCKENTOR
18. HÖRSTERTOR

MÜNSTER UM 1648

Jürgen Kehrer

Das Geheimnis der Tulpenzwiebel

Freigraf Kettelers zweiter Fall

Waxmann

Münster · New York · München · Berlin

Die Deutsche Bibliothek – CIP-Einheitsaufnahme

Kehrer, Jürgen:
Das Geheimnis der Tulpenzwiebel : Freigraf Kettelers
zweiter Fall / Jürgen Kehrer. – Münster ; New York ;
München ; Berlin : Waxmann, 1998
    ISBN 3-89325-666-0

ISBN 3-89325-666-0

© Waxmann Verlag GmbH 1998
Postfach 8603, D-48046 Münster

http://www.waxman.com
E-Mail: info@waxmann.com

Umschlag: Pleßmann Kommunikationsdesign, Ascheberg
Titelbild: Jacques Callot (1592-1635) „Les Miseres et les
Mal-Heurs de la Guerre": Die Gehenkten, Paris 1633
Westfälisches Landesmuseum für Kunst
und Kulturgeschichte Münster
Satz: Stoddart Satz und Layout Service, Münster
Druck: Druckwerkstatt Hafen GmbH

Prolog

Es war ein Sommertag im Münsterland, und die Hitze lag wie eine Decke über der Landschaft. Nicht ein leiser Windhauch bewegte die Blätter der Bäume, auch die Gehenkten in der Gerichtseiche hingen still, nachdem sie in einem wilden letzten Kampf ihr Leben ausgehaucht hatten.

Die Äste der Eiche bogen sich unter der menschlichen Last. Zehn, zwanzig, dreißig verurteilte Marodeure reihten sich aneinander, bildeten gräßliche, furchterregende Früchte unter der grünen Krone. Ein monströses Bild, geschaffen von der Hand des Krieges, die nun schon fünfundzwanzig Jahre wütete.

Die Marodeure hatten getan, was ihnen ihr Hunger und ihre Geldgier befahl und die Wertlosigkeit von menschlichem Leben erlaubte: Sie hatten ein Dorf überfallen, die Männer erschlagen, die Frauen geschändet, das Vieh zusammengetrieben und die Verstecke der letzten Geldreserven, so sie noch nicht gestohlen, den gequälten Opfern entlockt.

Doch diesmal war die Rechnung nicht aufgegangen. Kaum hatten die Plünderer ihre blutige Ernte beendet, sahen sie das Dorf von einem ordentlichen Regiment umstellt. Der König, für den auch sie in mehr als eine Schlacht gezogen waren, kannte keine Gnade mit Marodeuren. Soldaten, zufällig auf der Seite des Rechts und nicht auf der der Schurken, präsentierten ihre Piken und Musketen, folgten schneidig gebrüllten Befehlen der Offiziere, wohl wissend, daß jede Verweigerung mit einem Pistolenschuß geahndet würde.

Die Marodeure wurden allesamt gefangengenommen, diejenigen, die zu fliehen versuchten, starben unter den Stichen der Piken, den Schlägen der Bajonette, den Schüssen der einläufigen Musketen.

Noch am selben Tag wurde Gericht gehalten. Der Regimentskommandeur, ein einäugiger, von vielen Verwundungen lahmer Obrist, hatte zum Spaß der Soldaten, der den Troß begleitenden Frauen und Kinder und der überlebenden Dorfbewohner ein grausames Spiel angeordnet. Jeweils zu zweit traten die Gefangenen an eine Trommel, die als Würfeltisch diente. Jedes Pärchen würfelte um Leben oder Tod. Der Gewinner des makabren Wettbewerbs wurde begnadigt, der Verlierer kam an den Baum.

Wehklagen und Freudenschreie wechselten sich ab. Ein Dominikanermönch, der die Truppe als Feldprediger begleitete, sprach den Verlierern Trost zu. Einige stiegen freiwillig und mit einem Fluch auf den Lippen die Leiter hinauf, andere mußten geschoben und gezogen werden. Aber aufgeknüpft wurden sie alle.

Und wieder trat ein Paar an den Würfeltisch.

„Auf ein Wort, Herr Leutnant", sagte der Jüngere der beiden.

Der Leutnant, der das Spiel und die Hinrichtungen überwachte, nickte.

„Ich bitte nicht um Gnade für mich", fuhr der junge Marodeur fort. „Das einzige, worum ich Euch bitte, ist, nicht gegen diesen Mann würfeln zu müssen. Er ist mein Freund, ja, mehr als das. Er hat mir während der Schlacht bei Breitenfeld das Leben gerettet. Ihr wißt, von welcher Schlacht ich rede?"

Der Leutnant nickte.

„Wir gehörten zu den Truppen von Torstensson und belagerten Leipzig. Da wurde, Anfang November, Erzherzog Leopold gesichtet. Er und Piccolomini hatten eine kaiserliche

Streitmacht gesammelt, die der unsrigen an Zahl weit überlegen war. Torstensson wollte der Schlacht ausweichen und zog sich nach Norden, gegen Breitenfeld, zurück. Doch der Sohn des Kaisers war begierig auf einen Sieg. Unweit von Breitenfeld griff er uns mit einer fürchterlichen Kanonade an. Wäre Torstensson nicht so ein großartiger Feldherr gewesen, der Tag hätte mit unserem Untergang geendet."

„Komm zur Sache, Mann!" sagte der Leutnant. „Ich habe nicht den ganzen Tag Zeit."

„Sofort, Herr Leutnant, sofort. Torstensson erkannte, daß er die überlegenen feindlichen Truppen in einen Kampf verwickeln mußte, bevor sich ihre Reihen ausgerichtet hatten. Unsere Reiterei griff den linken Flügel der Kaiserlichen an, wie Hasen stoben die Papisten auseinander. Da konnte der Erzherzog fluchen und toben, sein gesamter linker Flügel befand sich in Auflösung."

„Ich weiß, was in Breitenfeld passiert ist", sagte der Leutnant.

„Aber auf dem rechten Flügel der Kaiserlichen sah es weit schlechter für uns aus", redete der Marodeur unbeirrt weiter. „Die Reiterei des Erzherzogs nahm uns in die Zange, und sein Fußvolk ging gegen unser Zentrum vor. Hier standen wir, mein Freund und ich. Er war Pikenier, und ich gehörte als Musketier zu der Schützenhecke, die das Carré der Pikeniere umgab. Schüsse fielen, Kugeln flogen uns um die Ohren, links und rechts von mir starben die Kameraden."

„So, wie einer von euch beiden bald sterben wird", sagte der Leutnant mürrisch.

Der Marodeur holte Luft. „Dichter Pulverdampf nahm uns die Sicht. Bald wußten wir nicht mehr, wo Freund oder Feind standen. Und dann tauchte ein Reiter aus dem Nebel auf, die Klinge in der Hand. Ich hatte gerade geschossen und war dabei, meine Muskete zu laden. Ich war vollkommen wehrlos, die Klinge sauste durch die Luft, um mir den Kopf vom Hals zu trennen. Da sprang dieser Mann, mein Freund, herbei und stieß den Reiter vom Pferd. Er hat mir das Leben gerettet, einen Moment später wäre ich verloren gewesen."

„Was für eine rührende Geschichte", spottete der Leutnant. „Glaubst du wirklich, daß sie dir noch einmal das Leben rettet?"

„Laßt mich gegen einen anderen würfeln!" bat der Marodeur. „Ich gewinne immer beim Würfeln. Doch gegen diesen Mann will ich nicht gewinnen."

„Dann verlier!" grinste der Leutnant. „Es liegt in deiner Hand."

Der ältere Marodeur, der schweigend zugehört hatte, blickte sich um. Ein Stück entfernt von der gaffenden Menge, die das Schauspiel verfolgte, klammerten sich eine Frau und ein halbwüchsiger Knabe aneinander. Entsetzen stand in ihren bleichen Gesichtern.

„Laß uns anfangen!" sagte der Alte heiser.

Der Jüngere warf zuerst den Würfel. Eine Zwei. Die zweitschlechteste Zahl. Vier Würfelseiten, um ihn zu schlagen, vier Möglichkeiten, um am Leben zu bleiben.

Der Alte nahm den Würfel und schüttelte ihn lange in der Hand. Dann warf er ihn mit abgewandtem Gesicht. Der Würfel knallte gegen den Rand der Trommel und rollte zurück. Eine Eins. Verloren.

Als alles vorüber war, näherte sich der Überlebende der Frau und dem Knaben. Er mied den Blick der Witwe und schaute beschämt zu Boden.

„Geh weg!" fauchte der Knabe. „Wir wollen mit dir nichts zu schaffen haben."

„Ich habe mich bemüht, eine niedrige Zahl zu werfen", stammelte der Angesprochene. „Ich wollte nicht gewinnen, das kannst du mir glauben. Ich ...", er hob die Hand, doch die Frau wich vor seiner Berührung zurück, „... gebe dir alles, was ich habe."

„Wieviel wird das wohl sein?"

Beim Klang ihrer Stimme sträubten sich die Nackenhaare des Mannes. Haß und Enttäuschung hatten ihr einen unmenschlichen Ton verliehen.

„Es ist mehr, als du denkst. Es gibt einen Schatz ..."

Erstes Kapitel

Zuerst sollte ich drei Schritte zurücktreten, Gott und allen seinen Heiligen und allem, was Gott geschaffen hat an Kreaturen, abschwören und nur noch dem bösen Feind dienen."

Die brennenden Holzscheite im Kamin tauchten die Gestalt in ein gespenstisches Licht. Ein gedrungener Körper mit breiten Schultern wurde schemenhaft sichtbar, über dem aufgerissenen Mund glühte ein einziges, schwarzes Auge.

„Mamme, nein!"

Schon bei seinem Eintritt hatte der Junge die Veränderung bemerkt. Das Zimmer war schwärzer gewesen, als er es in Erinnerung hatte, die bunten Heiligenfiguren waren verschwunden und es roch streng nach einem Kraut, das er noch nie bemerkt hatte. Das Schlimmste aber war der Anblick des Kruzifixes. Es war verkehrt herum aufgehängt. Christus streckte seine Füße zur Decke, das dornengekrönte Haupt der Wand zugekehrt. Eine Blasphemie, die den Jungen getroffen hatte wie ein Blitzschlag.

Die Frau lachte. „Was hat der feine Herr? Haben ihm die Betbrüder das Gehirn verkleistert? Schaut Euch doch um in der Welt! Krieg und Leid, Mord und Totschlag allüberall, wohin Ihr blickt. Begreift endlich, daß es mit der Herrlichkeit Gottes zu Ende ist. Ein Anderer hat die Macht übernommen, Er herrscht über dem Erdenkreis, über Könige und Mägde und alles, was da kreucht und fleucht, und wer nicht mit ihm ist, ist gegen ihn - Satanas."

„Bitte, nicht!" flehte der Junge. „Hüte deine Zunge! Du

redest dich um dein Seelenheil, wenn nicht um dein Leben."

Die Frau schüttelte den feisten, halslosen Kopf. „Mein Leben? Es liegt längst in Seiner Hand. Ihr sollt die ganze Wahrheit wissen, junger Herr. Ihr habt ein Recht darauf zu erfahren, was in der Welt vor sich geht."

Tränen rannen dem Jungen über die Wangen. Was war mit der Frau geschehen, die ihn aufgezogen hatte? Welcher Dämon hatte sich ihrer bemächtigt?

„Schaut auf meine Stirn!" redete die Frau unbeirrt weiter. „Dort seht Ihr das Zeichen des Paktes, den ich eingegangen bin. Beelzebub hat versprochen, für mich zu sorgen und mir ein besseres Leben zu verschaffen, wenn ich mich ihm unterwerfe."

Der Junge blinzelte. Seine tränenfeuchten Augen konnten kein Zeichen entdecken.

„Ich sehe nichts."

„Weil Ihr verblendet seid", behauptete die Frau. „Das ewige Herumrutschen auf den Kirchenbänken hat Eure Augen verdorben. Er war hier und hat mich aufgenommen in seine Gemeinschaft. Mit dem Zeichen und einem Kuß hat er den Pakt besiegelt."

„Ein Kuß? Hast du etwa auch ..."

„Nein, gebuhlt hat er nicht mit mir. Ich sei ihm zu alt, hat er gesagt. Nicht einmal der Teufel will sich mit einer alten, häßlichen Vettel vermählen. Aber er hat mich zum Tanz eingeladen. Und einen Topf mit Salbe hat er mir dagelassen, damit ich dorthin fliegen konnte."

„Du bist geflogen?" fragte der Junge mit zitternder Stimme.

„Ja, ich habe mir die Salbe unter die Arme gerieben, und schon war ich dort. Der Tanzplatz ist weit entfernt, wißt Ihr. Es ist ein Kreuzweg, auf halber Strecke zwischen Münster und Roxel. In jeder Nacht von Donnerstag auf Freitag treffen sich dort die Jünger Beelzebubs. Teilweise kommen sie von weither, aus Dülmen, Buldern und Greven. Viele schöne Männer und Frauen saßen an einer langen Tafel. Ich durfte mich zu ihnen setzen, und sie behandelten mich wie ihresgleichen. Es gab Wein und köstliche Gerichte, es wurde gescherzt und gelacht. Niemand mußte Mangel leiden, jede Krankheit war verflogen. Und dann kam Er, der Meister. Er erschien in der Gestalt eines großen schwarzen Mannes mit feurigen Augen und einem Pferdehuf. Auf dem Kopf trug er einen Hut mit einer roten Feder. Sofort verstummten alle Gespräche. Der Meister lachte, und sein Atem verwandelte die Speisen auf dem Tisch in Schweine- und Pferdekot."

Der Junge hatte mehr als genug gehört. Voller Verzweiflung preßte er seine Hände an die Ohren.

Erregt wie nie zuvor, begeisterte sich die Frau an ihrer Erzählung: „Der Meister setzte sich an das Kopfende der Tafel. Eine schwarze Fidel lag in seinen Händen, und er spielte auf zum Tanz. Paarweise drehten wir uns zu den Klängen der wundersamen Musik. Ein Junker, edel an Gestalt, forderte mich auf, als sei ich ein holdes Mädchen. Ich spürte weder meine alten Knochen, noch fehlte mir der Atem für die wilde Hatz. Und plötzlich tanzten wir auf einer Leine, hoch über dem Kreuzweg. Da bin ich abgerutscht, und der Meister hat mich gescholten und gesagt, ich solle nicht so plump sein und das Tanzen besser lernen. Dann hat Er an der Tafel die Messe gelesen."

„Aufhören!" jammerte der Junge.

„Anschließend hat der Meister uns die Zauberei gelehrt. Unter Seiner Anleitung haben wir aus Mehl und Wasser Tiere geschaffen und ihnen Leben eingehaucht. Hasen, Ratten, Katzen, Böcke und Ziegen liefen quicklebendig davon. Hei, war das ein Spaß, auf den Böcken und Ziegen zu reiten."

Ein Blitz erhellte das Zimmer und verzerrte das Gesicht

der alten Frau zu einer grauenvollen Maske. Ein Donner, so laut wie der Weltuntergang, ließ den Jungen zusammenzucken. Unmittelbar darauf setzte prasselnder Regen ein.

„Und das Fest war noch nicht zu Ende", schrie die Frau gegen das Gewitter an. „Der Meister verwandelte sich in eine Kröte. Neue, köstlich duftende Gerichte standen auf dem Tisch. Zartes Kinderfleisch ..."

Der Junge sprang auf und lief hinaus. Er sprang die Treppe hinunter und rannte durch die engen Gassen Münsters, als wäre der Leibhaftige höchstselbst hinter ihm her. Der Regen durchnäßte ihn bald bis auf die Haut. Doch der Junge spürte weder Kälte noch Nässe. Er rannte, bis er vor Erschöpfung innehalten mußte. Unbewußt hatte er den Heimweg eingeschlagen. Vor ihm lag das große, mächtige Gebäude, in dem er ein Zuhause gefunden hatte. Vom ersten Moment an, als er es betrat, hatte er sich dort wohlgefühlt. Aber wie lange würde man ihn jetzt noch dulden?

Zweites Kapitel

Ein kalter Herbstwind fegte über die Galgheide, dem Gerichtsort vor dem Ludgeritor, wo die Verurteilten aufgehängt, gerädert oder enthauptet wurden, je nach Art und Schwere ihres Verbrechens. Freigraf Bernd Ketteler, der Untersuchungsrichter und Polizeichef der Stadt Münster, blickte mürrisch über das unwirtliche Gelände. Raben stießen ihre spitzen Schnäbel in die Leiche eines Geräderten, und Ratten huschten durch das Skelett eines vor längerer Zeit Hingerichteten. Ketteler zog den Mantel enger um seine fülligen Hüften. Ihn fröstelte und er spürte einen Gichtanfall heraufziehen. Viel lieber würde er jetzt am wärmenden Kaminfeuer sitzen, einen Becher vom köstlichen französischen Wein in der Hand, als sich auf dieser trostlosen Wiese herumzutreiben. Aber die Pflicht ging vor. Seufzend wandte sich der Freigraf der Leiche eines Mannes zu, der nicht der städtischen Gerichtsbarkeit zum Opfer gefallen war. Der Tote war etwa fünfzig Jahre alt und hatte lange, sorgfältig frisierte graue Haare.

„Er ist ermordet worden", sagte der Korporal.

„Das sehe ich selbst", knurrte Ketteler. „Oder glaubst du, er hat sich mit seinem eigenen Degen in den Rücken gestochen und diesen dann, nachdem er glücklich gestorben war, wieder in die Scheide gesteckt?"

Der Korporal schwieg beleidigt.

„Hast du festgestellt, um wen es sich handelt?" fragte Ketteler in einem etwas freundlicheren Ton.

„Nun, wenn ich eine Vermutung anstellen darf ...", begann der Korporal zögernd.

„Solange sie Hand und Fuß hat", beschied ihn Ketteler gnädig.

„Er ist, ich meine, war ein schwedischer Offizier."

„So?"

„Ja. Betrachtet die Uniform, Herr Freigraf! Dieses Blau wird von den Schweden bevorzugt. Der edel geschnittene Rock, der Degen und die gefärbte Feder am Hut sprechen dafür, daß er kein einfacher Reiter oder Unteroffizier war. Außerdem haben wir das hier in seiner Tasche gefunden." Der Korporal präsentierte einen Brief, der mit rotem Siegellack verschlossen war. „Anscheinend ein wichtiges Schreiben."

Mit zusammengekniffenen Augen studierte der Freigraf die krakelige Handschrift auf der Vorderseite.

„Ich vermag zwar nicht alles zu entziffern", fuhr der Korporal beflissen fort, „aber könnte dieses Wort", sein Finger tippte auf die unterste Zeile, „nicht Oxenstjerna bedeuten? Soviel ich weiß, ist Graf Johan Oxenstjerna, der Sohn des Reichskanzlers, schwedischer Gesandter in Osnabrück."

„Zu dem Schluß bin ich auch gerade gekommen", brummte Ketteler. Seine Miene hellte sich auf, als er zum ersten Mal den jungen, rotbackigen Korporal näher betrachtete. Zweifellos ein aufgeweckter Bursche. „Ich mag Polizisten, die nicht nur lesen, sondern auch denken können. Wo hast du das gelernt?"

Der Korporal nahm Haltung an. „Ich habe drei Jahre lang die Stiftsschule von St. Ludgeri besucht. Seitdem lese ich, soweit es mir mein Dienst erlaubt, alle angeschlagenen Zeitungen."

„Wie ist dein Name?"

„Heinrich Tombrink."

„Ich werde mir dein Gesicht merken", sagte der Freigraf jovial. „Wer weiß, vielleicht bekommst du bald einen höheren Posten."

Der Korporal schlug die Hacken zusammen.

„Und hör auf mit dem militärischen Getue! Wir führen keine Kriege, sondern Ermittlungen."

„Jawohl, Herr Freigraf."

Kopfschüttelnd und ächzend ging Ketteler in die Hocke. Er legte seine rechte Hand an den Hals des Toten, in der Hoffnung, von der Körperwärme auf den Zeitpunkt des Todes schließen zu können. Die Leiche war kalt wie ein Fisch.

„Hast du noch etwas gefunden, das uns Aufschluß über den Toten gibt?"

„Ein Beutel, prall gefüllt mit Talern", meldete der Korporal.

„Also kein Raubmord", murmelte Ketteler. „Was war es dann? Vielleicht ein Duell?"

Der Korporal, mutiger geworden, äußerte Widerspruch: „Ein Stich in den Rücken spricht nicht für ein Duell, Herr Freigraf."

„Ach, Junge." Ketteler richtete sich mühsam und unter Stöhnen auf. „Die Vorstellung vom ritterlichen Zweikampf ist ein Märchen. Mancher Duellant beseitigt seinen Gegner hinterrücks und vorzeitig. Besonders, wenn der Gegner der bessere Fechter ist."

„Beinahe hätte ich es vergessen", rief der Korporal. „Da ist noch etwas sehr Merkwürdiges. Das muß ich Euch unbedingt zeigen." Er führte den Freigrafen auf die andere Seite der Leiche. „Seht Ihr die Zwiebel dort? Wie es scheint, hat sie jemand dort hingelegt, oder sie ist dem Schweden aus der Tasche gefallen."

Ketteler bückte sich und hob die kleine braune Zwiebel auf. „Eine Blumenzwiebel", sagte er nachdenklich. „Was macht ein schwedischer Offizier mit einer Blumenzwiebel?"

Die Marotte des Freigrafen, laute Selbstgespräche zu führen, war dem Korporal noch unbekannt. Deshalb antwortete er eifrig: „Die Zwiebel könnte von einem Blumenhändler stammen. Das ist möglicherweise eine vielversprechende Spur."

Gerade wollte Ketteler zu einer hämischen Bemerkung ansetzen, da fiel ihm ein, daß er seinen forschen Untergebenen erst vor wenigen Minuten gelobt hatte. In seltener Großzügigkeit schluckte er den bissigen Kommentar hinunter und nickte nur. „Apropos Spuren. Wo ist eigentlich das Pferd?"

„Verzeihung, Herr Freigraf: Welches Pferd meint Ihr?"

„Das Pferd, auf dem der Schwede geritten ist, du Spurensucher. Schau dir seine Stiefelsohlen an, sie sind so sauber wie geleckt. Hätte der Mann den beschwerlichen Weg vom Ludgeritor hierher zu Fuß zurückgelegt, wären seine Stiefel von einer Kruste aus Morast bedeckt. Und da vorne sieht man noch frische Abdrücke von Pferdehufen."

„Meine Männer haben kein Pferd gefunden", gab der Korporal zu.

„Hmmm", brummte Ketteler. Sein Blick ging zurück zur Stadt. Auf den stattlichen Außenwällen, die von Wassergräben umgeben waren, konnte man einige Stadtsoldaten erkennen. Münster war eine starke Festung. Rund sechzig Kanonen standen auf den Mauern, und Tausende von Bewaffneten fanden hier Platz. In den Jahren 1633 und 1634 hatten sich die Schweden und die Hessen an Münster die Zähne ausgebissen, bewaffnete Bürgerfahnen, unterstützt von kaiserlichen und Liga-Truppen, hatten damals das katholische Münster verteidigt. Seit Beginn der Friedensverhandlungen im Jahr 1643, zu denen Gesandte aus vielen Ländern nach Münster gekommen waren, galt Münster als neutral. Fremde Truppen durften die Stadt nicht mehr betreten, dafür hatte der Stadtrat 1200 Mann unter Waffen genommen, die unter dem Befehl des Stadtkommandanten, Obrist Johann de Reumont, standen. Sie sollten die Neutralität Münsters sichern und den Friedenskongreß schützen.

„Man müßte die Soldaten befragen", bemerkte der Freigraf. „Falls der Meuchelmord nach Sonnenaufgang verübt wurde, gibt es vielleicht einen Augenzeugen."

„Verzeihung, Herr Freigraf", antwortete der Korporal, „das ist bereits geschehen. Einer der Soldaten hat die Leiche vom Wall aus bemerkt, und sein Hauptmann hat die Botmeister verständigt. Nachdem ich mit meinen Männern hier angekommen war, mußte ich von einem Verbrechen ausgehen. Daraufhin habe ich zwei Botmeister damit beauftragt, die Soldaten des fraglichen Abschnitts zu verhören. Leider ohne Erfolg."

Ketteler runzelte die Stirn. Sosehr er denkende Polizisten schätzte, die Selbständigkeit des jungen Korporals ging ihm ein wenig zu weit. „Noch führe *ich* in Münster die Morduntersuchungen", raunzte er mißmutig. „Warte beim nächsten Mal gefälligst auf meine Befehle!"

Der Korporal zuckte zusammen. „Ich habe nach Euch suchen lassen, aber Ihr wart nirgendwo aufzufinden."

„Papperlapapp", knurrte der Freigraf. „Um diese Tageszeit sitze ich immer in der Schänke neben der Ludgerikirche, das weiß doch jedes Kind, sogar die Bürgermeister."

„Ich war für längere Zeit nach Senden abkommandiert", verteidigte sich der Korporal. „Es tut mir leid, daß ich mit Euren Gewohnheiten nicht vertraut bin."

„Na schön", lenkte Ketteler ein, „du hast ja das Richtige getan. Deshalb will ich für heute darüber hinwegsehen." Er wandte sich um. „He, du!" rief er einem der herumstehenden Botmeister zu.

Der Mann näherte sich unterwürfig.

„Du reitest sofort zum Stadtarzt Doktor Rottendorff und bittest ihn, hierher zu kommen. Sag ihm, es sei dringend!"

Der Botmeister verschwand, und Ketteler versank in tiefes Grübeln, während er die Blumenzwiebel in seiner Hand wog. Trotz seiner Neugierde traute sich der Korporal nicht, die Frage zu stellen, die ihm auf der Zunge lag. An der Todesursache des Mannes, der auf der Galgheide sein Leben ausgehaucht hatte, gab es keine Zweifel, was sollte ein Arzt da an neuen Erkenntnissen bringen?

„Du möchtest gern wissen, warum ich Doktor Rottendorff herbestellt habe", sagte der Freigraf, die Gedanken des Korporals erahnend. „Ich will es dir sagen. Der schwedische Resident Rosenhane wohnt im Haus von Doktor Rottendorff. Außerdem ist unser Stadtarzt ein vielseitig gebildeter Mann. Er hat sogar ein Buch über Blumen veröffentlicht, in einem Amsterdamer Verlag. Es würde mich nicht wundern, wenn er das Geheimnis dieser kleinen Zwiebel lüften könnte."

Drittes Kapitel

Obristleutnant Falk von Wartenberg", sagte Doktor Rottendorff, „Kurier Ihrer Majestät, der Königin Christine von Schweden." Der Stadtarzt blies seine dicken Backen auf, das Oberlippenbärtchen zitterte. „Mein Gott, gestern mittag haben wir noch zusammen zu Tisch gesessen. Der Obristleutnant war guter Dinge und hat gescherzt. Und heute ist er tot."

„Was hat er in Münster gemacht?" fragte Ketteler.

„Von Wartenberg hat den schwedischen Gesandten in Osnabrück, Johann Graf Oxenstjerna und Johann Adler Salvius, Instruktionen der Königin überbracht. Freiherr Schering Rosenhane, der, wie Ihr wißt, in meinem Haus residiert, wurde davon in Kenntnis gesetzt und hat die neuen Richtlinien in einem Anwortschreiben bestätigt."

„Mit diesem Schreiben hier?" Ketteler zeigte den Brief, den man in den Taschen des Toten gefunden hatte.

Rottendorff warf einen Blick darauf. „Sehr wahrscheinlich. Ich war nicht zugegen, als das Schreiben aufgesetzt wurde, schließlich mische ich mich nicht in die schwedischen Angelegenheiten."

„Wann hat von Wartenberg Euer Haus verlassen?"

„Gestern nachmittag. Er wollte noch bis Lengerich, um dort zu übernachten."

„Wenn man nach Osnabrück reiten will", sinnierte der Freigraf, „verläßt man Münster durch das Neubrücken- oder Hörstertor. Die Galgheide liegt auf der anderen Seite. Was hat den Obristleutnant wohl hierher verschlagen?"

Der Arzt zuckte mit den Achseln. „Da fragt Ihr mich zuviel, Freigraf. Ich habe keine Ahnung."

„War von Wartenberg vielleicht in eine Streitigkeit verwickelt, irgendein Ehrenhandel, der eine Einladung zum Duell nach sich gezogen haben könnte?"

„Das glaube ich nicht. Der Obristleutnant ist erst vorgestern spät in der Nacht bei uns eingetroffen und nach dem langen, anstrengenden Ritt sogleich zu Bett gegangen. In den wenigen Stunden des gestrigen Tages, die er in Münster weilte, dürfte er kaum die Gelegenheit gefunden haben, sich mit einem anderen Mann anzulegen. Auch machte von Wartenberg keinen händelsüchtigen Eindruck."

„Hmmm", brummte Ketteler, „dann stehen wir vor einem Rätsel. Noch eine Frage, Rottendorff: Warum ritt von Wartenberg allein? Ein Mann in seiner Position verfügt normalerweise über eine Eskorte."

„Von Wartenberg war ein sehr selbstbewußter Offizier, er fürchtete sich nicht vor Wegelagerern oder Banditen. 'Allein komme ich schneller voran', sagte er, als ich ihm dieselbe Frage stellte."

Der junge Korporal räusperte sich. „Die Zwiebel, Herr Freigraf."

Ketteler bedachte ihn mit einem wütenden Blick. „Das Alter hat mich noch nicht schwachsinnig gemacht, Korporal. Ich wollte gerade darauf zu sprechen kommen."

„Was für eine Zwiebel?" fragte der Stadtarzt neugierig.

„Neben der Leiche haben wir eine Blumenzwiebel gefunden", erklärte Ketteler. „Ich hoffe, Ihr könnt mir sagen, was es damit auf sich hat."

Rottendorff nahm dem Freigrafen die Zwiebel aus der Hand und betrachtete sie eingehend. „Erstaunlich", murmelte er. „Das ist ganz und gar bemerkenswert."

„Was ist an dieser albernen Zwiebel so besonderes?" fragte

25

Ketteler erstaunt.

„Eine Tulpenzwiebel, wahrscheinlich aus Holland. Habt Ihr noch nichts vom Tulpenfieber in den Vereinigten Provinzen gehört? Dort treibt der Handel mit den Knollen die seltsamsten Blüten, ja, es wird inzwischen sogar mit kommenden Lieferungen spekuliert, ohne Ware, nur auf dem Papier."

Der Freigraf machte ein belemmertes Gesicht. „Ich bin nur ein beschränkter Polizist, an dem das Weltgeschehen anscheinend vorbeirauscht. Klärt mich auf, verehrter Medicus Caesareus: Was, um Himmels Willen, ist eine Tulpe?"

„Eine Blume, wie Ihr schon richtig vermutet habt. Man kann darüber streiten, ob sie schön ist, auf jeden Fall ist sie ein recht schlichtes Gewächs. Ich habe in Augsburg einige Exemplare gesehen, und sie haben mich nicht begeistert. Ursprünglich stammt die Tulpe von der osmanischen Levante, Kaufleute brachten sie nach Antwerpen, Brüssel und Augsburg. Anfangs galt sie als verführerisch, wenn nicht sogar gefährlich. Erst als es Ende des letzten Jahrhunderts gelang, sie in großen Mengen nachzuzüchten, wurde sie zu einem Gartengewächs, an dem sich auch die einfachen Leute erfreuen konnten. In den spanischen Niederlanden, später auch in den Generalstaaten und in Nordfrankreich breiteten sich große Tulpenfelder aus."

„Ihr spracht von einem Fieber", hakte Ketteler nach. „Eine Gartenblume, die jeder einpflanzen kann, ist doch kaum geeignet, Börsenspekulationen auszulösen."

„Ja und nein, geschätzter Freigraf. Tatsächlich ist der Tulpenwahn, wie ihn einige nennen, ein Mysterium, eine Erscheinung, die außerhalb des Landes zwischen den Deichen schlichtweg unbegreiflich bleibt. Natürlich gibt es auch die gewöhnlichen roten und gelben Sorten, wie die Gouda, die für wenige Groschen pro Zwiebel zu haben sind. Aber vor zehn, fünfzehn Jahren entwickelten Züchter den Ehrgeiz, möglichst ausgefallene Raritäten zu schaffen, die sie vor Nachahmung schützten. Diese Kreuzungen nun, wie die rot auf weiß geflammte Semper Augustus, erreichen schier unglaubliche Preise. In den Amsterdamer Tulpenkollegien wird eine Semper Augustus für Hunderte von Gulden gehandelt, ebenso die Admiral de Man, die Centen oder die Scipio."

„Hunderte von Gulden?" staunte Ketteler. „Wollt Ihr sagen, daß eine einzige Tulpenzwiebel den Gegenwert von mehreren Pferden besitzt?"

Der Stadtarzt nickte. „Meine Amsterdamer Freunde berichten, daß es Menschen gibt, die ihr gesamtes Hab und Gut für eine Tulpenzwiebel verkaufen. Und der Spekulationswahn wird immer bizarrer. Händler schließen mit Züchtern Verträge über zu liefernde Tulpenzwiebeln ab, die erst in einem halben Jahr oder noch weiter in der Zukunft auf den Markt kommen. In der Zwischenzeit versuchen sie, die Zwiebeln, die sie ja nicht einmal besitzen, weiter zu veräußern. So läßt die Hoffnung auf den zu erwartenden Gewinn die Preise in die Höhe schießen. Unter ehrbaren Händlern und Bürgern kommt schon die Forderung auf, daß der Große Rat dem Treiben Einhalt gebieten möge."

Rottendorff wog die Tulpenzwiebel in der Hand. „Möglich, daß es sich um eine Generalissimo handelt, eine Spezialität des Züchters Francisco Gomez da Costa aus Vianen. Genaueres kann ich Euch allerdings erst sagen, wenn ich zu Hause meine Bücher konsultiert habe."

„Ich begleite Euch", schlug der Freigraf vor. „Ohnehin ist es an der Zeit, Freiherr Rosenhane vom Tod des Kuriers zu unterrichten. Und bei der Gelegenheit kann ich ihm gleich einige Fragen stellen."

„Wie Ihr wollt", nickte Rottendorff.

Ketteler beauftragte den Korporal, die Leiche des Obrist-

leutnants in die Totenhalle zu schaffen und die beiden Bürgermeister Timmerscheidt und Plönies aufzusuchen, um sie
von der Bluttat in Kenntnis zu setzen. Dann ließ er sich sein
Pferd bringen und schwang sich ächzend in den Sattel. Der
feuchtkalte Herbstwind, dem er sich auf dem unwirtlichen
Acker ausgesetzt hatte, war Gift für seine Glieder gewesen.
Während er leise stöhnend neben Rottendorff zum Ludgeritor ritt, verfluchte er in Gedanken das münsterländische Wetter.

„Geht es Euch gut?" fragte der Stadtarzt besorgt. „Habt Ihr
noch genug von der Tinktur, die ich Euch für Eure Knie gegeben habe?"

„Oh ja, die Regenwurm-Tinktur war Balsam für meine
wackeligen Knie", gab Ketteler zur Antwort. „Aber jetzt spü-
re ich, wie die Varen durch meinen Körper wandern."

„Die Gicht ist eine schlimme Plage", sagte Rottendorff mit-
fühlend, „gegen die leider kein Kraut gewachsen ist."

Sie erreichten das äußere Tor, das von Stadtsoldaten bewacht wurde, ritten über die Brücke zum Bollwerk und passierten schließlich das innere Tor. Hinter den Befestigungsan-
lagen erstreckte sich ein Netz von engen Straßen und Gassen.
Markthändler schoben ihre Karren, fliegende Händler boten
ihre Waren feil, und stolze Bürgerfrauen mit wallenden Um-
hängen und riesigen, auf Holzbrettern befestigten Hauben,
Felken genannt, bewegten sich gemessenen Schrittes durch
das Gewühl.

Angeekelt wichen die Leute zur Seite, als ein Kotwagen,
bis zum Rand mit menschlichen Exkrementen gefüllt, die
Straße herunterrumpelte. Straßenräumer, die ihre Gesichter
mit Tüchern bedeckt hatten, zogen den Wagen aus der Stadt
hinaus.

Ketteler hielt sich die Nase zu. „Bah! Was für ein Gestank!
Seitdem die Gesandten und ihre Diener die Einwohnerzahl

verdoppelt haben, möchte man meinen, daß in Münster nur noch geschissen wird."

Rottendorff enthielt sich eines Kommentars zu dieser prekären Angelegenheit. Er lenkte sein Pferd nach rechts, in die Ludgeristraße. Der Arzt besaß ein geräumiges Wohnhaus an der Hundestiege und war in seinem Beruf zu einigem Wohlstand gekommen. Sein Ruf als Mediziner ging weit über Münster hinaus, der Kölner Kurfürst und münstersche Fürstbischof gehörte ebenso zu seinen Patienten wie die Angehörigen vieler westfälischer Adelsfamilien. Als besoldeter Stadtarzt oblag ihm obendrein die Pflicht, die städtischen Beamten zu versorgen, die Lepraverdächtigen ins Kinderhauser Leprosorium einzuweisen, die Hebammen zu examinieren, die Apotheken zu überwachen und die Chirurgen und Wundärzte zu prüfen. Nebenbei fand Rottendorff noch Zeit, gelehrte Bücher zu schreiben.

„Was macht eigentlich Euer Berater in kriminalistischen Angelegenheiten, dieser Jesuitenpater?" fragte Rottendorff, als sie in Richtung Prinzipalmarkt ritten.

„Pater Martin. Er lehrt immer noch Rhetorik und Poetik am Gymnasium Paulinum", antwortete Ketteler. „Ich habe ihn längere Zeit nicht gesehen. Zum Glück waren die Fälle, mit denen ich mich in der jüngsten Vergangenheit herumschlagen mußte, nicht zu schwierig für meinen schwachen Verstand."

„Dann ergibt sich wohl bald eine Gelegenheit, die Freundschaft aufzufrischen", meinte Rottendorff sarkastisch.

Ketteler grunzte. „Das fürchte ich auch. Falls uns Freiherr Rosenhane keine Erklärung für das Ableben des Obristleutnants liefert, werde ich vermutlich Beistand brauchen."

Freiherr Schering Rosenhane, Kastellan von Stockholm und Vertreter der schwedischen Krone in Münster, ein Mann mit breitem, gutmütigem Gesicht und braungelockten Haaren, fiel aus allen Wolken. „Von Wartenberg tot? Das ist ja entsetzlich."

„Ich habe die Leiche mit eigenen Augen gesehen", bestätigte Rottendorff. „Es besteht kein Zweifel, daß der Obristleutnant einem Mordstreich zum Opfer gefallen ist."

Ketteler klärte den Residenten über die näheren Umstände des Leichenfundes auf. Gespannt beobachtete er die Reaktion des Schweden.

Rosenhanes Gesicht blieb verständnislos. „Von Wartenberg war ein zuverlässiger Offizier. Ich habe keine Erklärung, warum er nicht den direkten Weg nach Osnabrück genommen hat. Und da er nicht von Wegelagerern ausgeraubt wurde ..."

„Vielleicht spielt das hier eine Rolle?" Der Freigraf zog die Tulpenzwiebel aus der Tasche.

Rosenhane starrte auf die Zwiebel. „Was ist das?"

„Eine Tulpenzwiebel, vermutlich aus Holland", sagte Rottendorff schnell.

„Wir haben sie neben der Leiche gefunden", setzte Ketteler hinzu.

Der Schwede blickte von einem zum anderen. „Wenn die Angelegenheit nicht so ernst wäre, würde ich annehmen, daß Ihr Euren Spaß mit mir treibt. Von Wartenberg war ein alter Haudegen, an allem Militärischen interessiert und wahrlich kein Blumenfreund. Er besaß weder ein Haus noch einen Garten. Was sollte ein Mann wie er mit einer Tulpenzwiebel?"

Ketteler seufzte. „Ich hatte gehofft, daß Ihr mir diese Frage beantworten könnt."

Rottendorff lud die beiden Männer ein, sich vor dem Kamin niederzulassen, während er versuchen wolle, den Namen der Tulpe herauszufinden. In der Zwischenzeit könne er ihnen einen Krug Wein bringen lassen.

Die Augen des Freigrafen blitzten. „Gerne. Mein Mund ist schon ganz trocken."

Der Stadtarzt zog sich in seine umfangreiche Bibliothek zurück, und kurz darauf erschien eine Magd mit einem Krug Wein und zwei Bechern, die sie bis zum Rand füllte.

Ketteler leerte seinen Becher in einem Zug und leckte sich die Lippen. „Ah! Das tut gut."

Auch Rosenhane, immer noch fassungslos, nahm einen tiefen Schluck. „Es ist Krieg", sagte er langsam. „Der Krieg raubt uns die besten Männer. Das ist die einzige Erklärung, die ich Euch bieten kann."

Ketteler goß sich nach. „Ich dachte, der Frieden sei in greifbarer Nähe."

„Das dachten wir auch", versetzte Rosenhane düster. „Graf Trautmansdorff, der engste Vertraute des Kaisers, ist den Franzosen und uns in vielen Punkten entgegengekommen. Doch im Juli hat er die Friedensverhandlungen plötzlich verlassen, ohne daß sie zu einem Abschluß gekommen wären. Man sagt, Trautmansdorff habe geschmunzelt, als seine Kutsche aus Münster hinausrollte. Jetzt wissen wir, was sich hinter seiner guten Laune verbarg. Zur selben Zeit meuterte nämlich das alte weimarische Heer, das am Rhein unter französischem Kommando stand, gegen seinen Feldherrn Turenne. Und Jan von Werth, der große bayerische Reitergeneral, war mit dem Waffenstillstand nicht einverstanden, den sein Herr, der Herzog Maximilian von Bayern, abgeschlossen hatte. Seitdem Werth mit seinen Truppen zu ihm übergelaufen ist, hofft Kaiser Ferdinand, auf dem Schlachtfeld einen Erfolg erringen und so dem Krieg noch eine Wende geben zu können. Erst vor wenigen Tagen haben wir erfahren, daß auch der bayerische Herzog die Neutralität aufgekündigt und sich erneut dem Kaiser und der katholischen

Sache angeschlossen hat. Mit anderen Worten, werter Freigraf: Wir Unterhändler müssen wieder einmal warten, bis sich der Pulverdampf verzogen hat."

Der Schwede nahm einen Schluck Wein und starrte in die Flammen. „Leider ist auch unser Prinzipalgesandter, Graf Oxenstjerna, nicht der eifrigste Verfechter eines Friedens. Den anderen Gesandten gegenüber benimmt er sich sehr hochmütig und stößt sie bei jeder Gelegenheit vor den Kopf. Wenn er aufsteht, sich zu Tisch setzt oder ins Bett geht, läßt er das mit Fanfaren verkünden, die in ganz Osnabrück zu hören sind. Oxenstjerna führt sich auf, als sei er der Potentat eines großen Staates, dabei hat er lediglich das Glück, der Sohn unseres Reichskanzlers zu sein. Meine einzige Hoffnung ist Königin Christine, die den Frieden fast um jeden Preis will."

Ketteler, von den Ausführungen des Schweden wieder durstig geworden, schaute sich nach dem Weinkrug um, stellte aber betrübt fest, daß er nur noch Luft enthielt. In diesem Moment kehrte Rottendorff zurück. Stolz verkündete der Stadtarzt: „Ich hatte recht. Es ist eine Generalissimo von da Costa. Keine der wertvollsten, aber auch keine gewöhnliche Sorte. Sie wird mit neun oder zehn Gulden pro *aze* gehandelt, das heißt, der Wert der Zwiebel, die Ihr gefunden habt, Freigraf, dürfte bei rund hundert Gulden liegen."

„Hundert Gulden für eine Blumenzwiebel?" fuhr Rosenhane auf. „Ist das Euer Ernst, Rottendorff?"

Ketteler streckte die Hand mit dem Weinkrug aus. „Ein wunderbares Gesöff. Habt Ihr noch mehr davon?"

Eine Stunde später und leicht besäuselt folgte der Freigraf dem Hausherrn zur Tür. Die Erörterung des Falles hatte nichts Neues ergeben, doch fühlte sich Ketteler, dank etlicher Becher Wein, im Einklang mit sich und der Welt.

An der Tür stießen sie mit einem jungen Paar zusammen.

„Meine Tochter Albertina", stellte Rottendorff vor, „und ihr Verlobter Andreas Tortelt. Im nächsten Sommer werden sie, so Gott will, den heiligen Bund der Ehe schließen."

Ketteler kniff die Augen zusammen, damit er den jungen Mann besser erkennen konnte. Er sah ein weiches, noch unbeschwertes Gesicht, das eine warme, fast einfältige Freundlichkeit ausstrahlte.

„Wie kommt es, daß Ihr mir noch nie über den Weg gelaufen seid?"

„Ich bin Kaufmann in Billerbeck", erwiderte Tortelt höflich. „In der Vergangenheit weilte ich nur selten in Münster. Aber das wird sich ja bald ändern." Er schaute seine Verlobte an und streichelte ihre Hand.

Der Freigraf schwankte. „Kaufmann, so so. Ein anständiger Beruf."

„Und ein einträglicher dazu, besonders in diesen Zeiten. Ich handle nämlich mit Tuchen. Bei den vielen Gesandten in Münster, die sich ständig neue Röcke schneidern lassen, kommen die münsterschen Tuchhändler in Lieferschwierigkeiten. Und ich ins Geschäft."

Ketteler verabschiedete sich und machte sich zu Fuß auf den Nachhauseweg. Sein Pferd, hatte er Rottendorff wissen lassen, werde er am nächsten Morgen abholen, wenn er sich ein wenig frischer und ausgeruhter fühle.

Der Freigraf wohnte in der Lütgen Gasse, gar nicht weit von der Hundestiege entfernt. Während er durch die Rothenburg stiefelte, wurde er allmählich nüchterner. Gleichzeitig bemerkte er einen starken Hunger, der in seinen Eingeweiden nagte. Zum Glück kam er gerade rechtzeitig zum Abendessen.

Kaum hatte er die Tür aufgerissen und die Diele betreten, brüllte er laut: „Elisabeth! Mein Bauch ist groß und leer. Ich

will essen." Er schnupperte, doch statt des geliebten Braten-
dufts lag nur ein strenger Kohlgeruch in der Luft.

Elisabeth kam aus der Küche gerannt. Als sie die Alkohol-
fahne ihres Mannes bemerkte, kräuselten sich ihre Lippen
mißmutig. „Du hast dir einen Rausch angetrunken, Bernd. Es
ist nicht gottgefällig, vor Sonnenuntergang zu saufen."

„Ich war draußen auf der zugigen Galgheide", verteidigte
sich der Freigraf. „Der kalte Wind hat an meinen Knochen
gefressen. Und der Wein stammt von Doktor Rottendorff. Als
Arzt muß er schließlich wissen, was mir guttut."

„Schon zweimal haben Boten nach dir gefragt. Bürgermeister Timmerscheidt will dich unbedingt sehen."

„Ja, ja, gleich nach dem Essen." Ketteler schmatzte. „Was
gibt es denn?"

„Kohl und Pumpernickel."

„Kein Braten?" Ketteler machte ein enttäuschtes Gesicht.
„Du weißt, daß ich Gemüse hasse."

„Wir haben kein Geld", sagte Elisabeth kühl. „Die Gesandten haben ihre Miete immer noch nicht bezahlt. Sie vertrösten
mich von Woche zu Woche."

„Bastarde", knurrte der Freigraf. „Gleich morgen werde
ich sie mir vorknöpfen."

Elisabeth nahm den Arm ihres Gatten. „Ich habe eine
Speckschwarte in den Kohl geschnitten. Es wird dir schmek-
ken."

Besänftigt legte er den Arm um ihre Schulter. „Habe ich
deine Kochkunst jemals verachtet?"

Sie gingen in die Küche, wo direkt neben dem Herd, der
bullige Wärme verbreitete, ein großer Holztisch stand. Die
beiden halbwüchsigen Jungen stürmten polternd herein und
setzten sich mit lautem Getöse an den Tisch. Ketteler blickte
sich um.

„Wo ist Anna?"

Elisabeth rührte mit Hingabe in den Töpfen, die beiden Jungen verstummten.

„Sie ist zum Tanz."

„Was?" brüllte der Freigraf. Sein sowieso gerötetes Gesicht bekam einen purpurfarbenen Ton.

Elisabeth beugte sich tiefer über den Herd. „Das hast du doch gehört. Ein junger Bursche hat sie zum Tanz ausgeführt."

„Und warum erfahre ich davon nichts? Wieso fragt sie mich nicht um Erlaubnis?"

„Weil du nie da bist. Der Junge heißt Joachim Mestrup. Er kommt aus gutem Hause, macht einen sehr ordentlichen Eindruck und ist Schüler am Gymnasium Paulinum."

Ächzend ließ sich das schwergewichtige Familienoberhaupt auf einen Stuhl fallen. „Das wird ja immer schöner. Unsere Tochter treibt sich herum, und ich muß Kohl mit Pumpernickel essen."

Elisabeth knallte den dampfenden Topf auf den Tisch. „Ich sehe da keinen Zusammenhang. Als es Anna schlecht ging, warst du besorgt, jetzt, wo sie ihre Lebensfreude wiedergefunden hat, ist es dir auch nicht recht."

Ketteler lächelte gequält. „Vielleicht hast du recht. Aber welcher Vater hat es schon gern, wenn seine Tochter mit einem fremden Burschen poussiert? Womöglich ist er ein Schönschwätzer und dreht ..."

„Halt die Klappe!" drohte Elisabeth. „Jetzt wird gegessen."

Viertes Kapitel

artin Tewes, Jesuitenpater und Lehrer am Gymnasium Paulinum, schreckte aus dem Schlaf auf. War das nicht ein Schrei gewesen? Oder hatte ihn ein Alptraum gequält? Martin horchte in die Nacht hinaus. Undurchdringliche Stille umgab das Jesuitenkolleg, das sich zwischen Domplatz und Aa befand, weitab vom Trubel der Gassen, in denen betrunkene Soldaten, Huren und Schausteller bis tief in die Nacht lärmten. Vielleicht hatte sich ein Säufer auf das Gebiet der Domimmunität verirrt?

Martin legte sich wieder auf die strohgefüllte Matratze. Er schloß die Augen und versuchte weiterzuschlafen. Doch eine seltsame Unruhe erfüllte ihn, die Ahnung eines Unglücks, das sich zugetragen hatte. Er lauschte erneut, und diesmal vermeinte er das Getrappel von Schritten zu hören, verhaltene Stimmen, die sich im Inneren des Gebäudes unterhielten.

Martin sprang aus dem Bett und warf seine Kutte über. Die kleine Kammer war gerade groß genug, um das Bett, einen schmalen Tisch, einen Stuhl und ein Waschgestell aufzunehmen. Das Leben eines Jesuiten war geprägt von Armut und Demut. Martin hatte es bewußt auf sich genommen, er vermißte weder die Prasserei und Völlerei vieler Angehöriger der Amtskirche, noch das lockere Leben der Domherren und jener sogenannten Bischöfe, die es vorzogen, mit ihren Mätressen im Bett zu liegen, anstatt eine Messe zu lesen. Martin liebte seinen Beruf als Lehrer. Normalerweise.

Es klopfte an der Tür, und Martin hörte die Stimme von Bruder Norbert, einem Laienbruder, der in der Küche arbeitete: „Bruder Martin! Wacht auf!"

Martin riß die Tür auf. „Was ist geschehen?"

„Ein Unglück. Einer Eurer Schüler ..."

Martins Stimme zitterte, als er Norberts erschrockenes Gesicht sah. „Wer?"

„Henrich Witvogel. Er ist tot."

Martin mußte sich am Türrahmen festhalten. „Wie?"

„Er ist das Treppenhaus hinabgestürzt."

Für einen Moment fürchtete er, das Bewußtsein zu verlieren. Murmelnd sprach er ein Gebet, die formelhaften, tausendmal gehörten Sätze beruhigten ihn etwas. Das Bild des Jungen entstand vor seinem geistigen Auge. Ein schüchterner, linkischer Knabe, ein Einzelgänger, der bei den üblichen Streichen und Torheiten seiner Klassenkameraden nicht mitmachte. Henrich war nicht der schlaueste, aber einer der eifrigsten Schüler gewesen. Martin sah den hochgereckten Kopf, das blasse, stets angespannte Gesicht, das jedes seiner Worte verfolgte. Ja, Henrich hatte ihn bewundert, seine Nähe gesucht, und Martin hatte ihn zurückgestoßen. Ihm war die Verklemmtheit des Jungen zuwider gewesen, dessen zwanghafter Ehrgeiz, alles richtig zu machen. Zweifellos hatte sich Henrich einsam gefühlt. Als Waise, der nur dank eines Stipendiums das Gymnasium besuchen durfte, war er früh in die Welt geworfen worden. Und Martin hatte sich geweigert, den Ersatzvater zu spielen. War er mitschuldig am Tod des Jungen?

„Hat er sich selbst entleibt?"

„Das weiß ich nicht, Bruder", antwortete Norbert, der Mar*tin* mit steigender Unruhe beobachtete. „Der Bruder Rektor hat mir befohlen, Euch zu holen. Und ich denke, wir sollten jetzt aufbrechen."

„Ja, natürlich." Martin rief sich zur Ordnung und folgte dem Laienbruder, der die Treppe hinuntereilte. Sie verließen das Gebäude und überquerten den Innenhof des Kollegs, das zusammen mit der Petrikirche ein geschlossenes Quadrum bildete. Das Schulgebäude lag auf der anderen Seite einer kleinen Gasse, hinter der Petrikirche, die die Jesuiten bei ihrer Ankunft in Münster gebaut hatten.

Am Fußende der Treppe hatten sich bereits etliche Patres versammelt, und über die Geländer der oberen Stockwerke beugten sich Trauben von Schülern. Ein Summen wie in einem Bienenstock lag in der Luft.

„Da seid Ihr ja endlich, Bruder Martin", rief der Rektor, der seine Gereiztheit nicht verbarg. „Ihr seid der Lehrer dieses Schülers, nicht wahr?"

„Ja, er war in meiner Klasse", murmelte Martin. Ohne den Rektor zu beachten, kniete er neben der Leiche nieder. Henrich Witvogels Kopf lag in einer großen Blutlache, sein längliches Gesicht war noch schmaler geworden, es zeigte den verbissenen, ängstlichen Ausdruck, der auch dem Lebenden oft zueigen gewesen war. Hätte nicht ein mitfühlender Pater die Augenlider des Toten zugedrückt, Martin wäre sicherlich dem fragenden, unendlich einsamen Blick des Jungen begegnet.

Der Jesuit faltete die Hände und sprach ein Gebet. Dann erteilte er Henrich die Absolution. Nach kirchlicher Lehre verließ die Seele den Körper erst Stunden oder sogar Tage nach dem Tod. Und Martin wünschte sich sehr, daß die Seele des Jungen Ruhe finden möge.

„Was soll das?" fuhr ihn der Rektor an. „Der Unglückselige hat Selbstmord begangen. Einem Todsünder können wir keine Absolution erteilen."

Martin stand auf. „Gibt es einen Augenzeugen?"

„Nein. Das heißt, wir wissen es nicht."

„Dann besteht auch die Möglichkeit, daß er ermordet wurde. Habe ich recht, Bruder Rektor?"

Der Rektor verdrehte die Augen. „Malt nicht den Teufel an die Wand! Ein Mörder in unserer Schule wäre ja noch schlimmer. Die Jesuitenhasser in der Stadt werden mit Fingern auf uns zeigen."

Martin deutete nach oben. „Die Schüler", sagte er matt. „Sie sollten in ihre Schlafräume gehen."

Verärgert, als habe er sie bislang nicht bemerkt, betrachtete der Rektor die Zuschauer. „Richtig!" Er klatschte in die Hände. „Brüder, kümmert Euch darum! Und Ihr, Bruder Martin, findet heraus, wie Henrich Witvogel zu Tode gekommen ist. Ich erwarte Euch um sechs Uhr in meinem Gemach, und zwar mit einer vollständigen Erklärung. Ich möchte, daß die Sache abgeschlossen ist, bevor die Sonne aufgeht."

„Ich werde mein Bestes tun", stöhnte Martin. „Aber ich kann nichts versprechen."

„Keine Ausflüchte, Bruder Martin!" beschied ihn der Rektor knapp, drehte sich auf dem Absatz um und rauschte davon.

Inzwischen hatten die anderen Patres die Schüler in ihre Schlafräume getrieben. Martin stieg langsam die Treppe hinauf. Henrich Witvogel hatte in einem Schlafraum im dritten Stockwerk gewohnt. Martin nahm die Öllampe aus der Halterung und untersuchte sorgfältig den Boden und das Geländer, aber er konnte nichts entdecken, was auf einen Kampf hindeutete.

Dann betrat er den Schlafraum, in dem Witvogels neunzehn Klassenkameraden lagen. Es war mucksmäuschenstill, ein sicheres Zeichen, daß alle hellwach waren, obwohl sie sich schlafend stellten.

„Also", sagte der Pater laut, „wer hat etwas gesehen oder gehört?"

Neunzehn Köpfe schossen nach oben.

„Ich habe geschlafen", kam es aus einer Ecke.

„Ich auch", rief ein anderer. Immer mehr Stimmen schallten durcheinander.

„Halt!" donnerte Martin. „Gibt es einen unter euch, der nicht geschlafen hat? Hat jemand bemerkt, wie Henrich den Raum verlassen hat?"

Die Stimmen verstummten.

„Niemand?"

Betretenes Schweigen.

„Ich möchte euch noch etwas anderes fragen. Bitte denkt genau nach! Hat Henrich in letzter Zeit geäußert, daß er lebensmüde sei oder sich umbringen wolle?"

Keine Antwort.

„Na schön. Dann schlaft jetzt! Ich werde morgen früh mit jedem einzelnen sprechen. Bis dahin könnt ihr eure Erinnerung auffrischen."

Martin ging zu dem Bett, in dem Henrich bis vor kurzem gelegen hatte. Es war noch warm, und mit einem leichten Schauder fühlte der Pater den Abdruck, den der schmale Körper auf der Strohmatratze hinterlassen hatte. Die Hoffnung, einen Abschiedsbrief oder Tagebuchaufzeichnungen zu finden, erfüllte sich nicht. Auch der Leinensack unter dem Bett, in dem Henrich seine privaten Sachen aufbewahrt hatte, gab keinen Aufschluß. Er enthielt einige ordentlich gefaltete Kleidungsstücke, Schulbücher und Schreibgerät, aber nicht die geringste persönliche Aufzeichnung. Fast schien es so, als habe Henrich Witvogel überhaupt nicht existiert.

Martin setzte sich auf das Bett und überlegte. Konnte es sein, daß sich ein fünfzehnjähriger Schüler umbrachte, ohne den leisesten Hinweis zu geben? Oder hatte der Mörder etwas entfernt, das ihn belastete? Martin seufzte. Der Rektor hatte ihm eine schier unmögliche Aufgabe gestellt.

„Es tut mir leid, daß ich mich nicht in der Lage sehe, Eure Erwartungen zu erfüllen. Ich denke, wir sollten den Freigrafen der Stadt, Bernd Ketteler, benachrichtigen und ihn bitten, die Untersuchung zu führen. Ketteler ist ein Mann von klugem Verstand, er würde unvoreingenommen und unbelastet durch persönliche Gefühle an die Aufgabe herangehen."

Der Rektor runzelte die Stirn und betrachtete Martin mißmutig. „Habt Ihr nicht zusammen mit diesem Ketteler einige rätselhafte Mordfälle aufgeklärt?"

„Ich bitte um Verzeihung, daß ich Euch widerspreche, Bruder Rektor. Ich habe den Freigrafen lediglich beraten. Ich bin Priester und Lehrer, aber kein Polizist. Hier ist die Umsicht und die Erfahrung eines Kriminalisten erforderlich."

Der Rektor schüttelte den Kopf. „Wir befinden uns auf einer Immunität der Kirche, zu der die städtische Justiz keinen Zugang hat. Ich möchte nicht, daß sich die Polizei im Paulinum herumtreibt. Zieht den Freigrafen zu Rate, wenn es Euch dienlich erscheint! Doch Ihr allein seid mir dafür verantwortlich, die Fragen zu beantworten, die sich um den Tod dieses Jungen ranken."

„Henrich Witvogel war mein Schüler", protestierte Martin. „Ich habe ihn gut gekannt."

„Eben. Das sind die besten Voraussetzungen, die sich denken lassen."

Martin nahm seinen ganzen Mut zusammen. „Verzeiht mir erneut ..."

„Nein, das tue ich nicht", unterbrach ihn der Ältere unwirsch. „Ihr habt Gehorsamkeit gelobt, als Ihr in die Gesellschaft Jesu eingetreten seid. Ihr wißt, was unser Gründer, General Ignatius von Loyola, über den Gehorsam gesagt hat?"

Es war eine rhetorische Frage, die Martin dennoch beantwortete: „Er sprach von den drei Stufen des Gehorsams, dem Gehorsam der Tat, des Willens und der Einsicht."

„Weiter, Bruder Martin!" forderte der Rektor.

„Ein Jesuit besitzt nur dann die Tugend des Gehorsams, wenn er in allem und jedem sich den Ansichten seiner Oberen nicht bloß unterwirft, sondern dieselben sich auch innerlich vollständig zu eigen macht und nicht einmal im stillen einer Kritik zu unterziehen wagt."

„Richtig, Bruder Martin!" lobte der Rektor ironisch. „Gegen diese Regel habt Ihr gleich mehrfach verstoßen. Ich bin bereit, darüber hinwegzusehen, wenn Ihr von jetzt an gehorsam und dankbar Eure Aufgabe erfüllt. Andernfalls muß ich Euch daran erinnern, was unser General Borja geantwortet hat, als ihm König Philipp von Spanien die Frage stellte, wie es komme, daß der Orden einen so außerordentlich frischen und jugendlichen Eindruck mache. Borja sagte: 'Weil er sich oft zur Ader läßt.' Das Tor ist weit, Bruder Martin."

Martin verbeugte sich tief und wollte sich zurückziehen.

„Noch etwas", rief ihm der Rektor nach. „Henrich Witvogel hat eine Ziehmutter gehabt. Man sollte sie vom Tod ihres Zöglings in Kenntnis setzen. Das könnt Ihr als erstes erledigen."

Fünftes Kapitel

Eine kalte Herbstsonne schlich sich über die Dächer der münsterschen Häuser. Die Türme des Domes blitzten auf, und erste Strahlen rührten in dem breiigen Nebel, der sich über stinkenden Abfallhaufen und schillernden Rinnsalen gebildet hatte.

Pater Martin ging über den menschenleeren Domplatz, grüßte die schlaftrunkenen Torwachen, die im Dienst des Domkapitels den Zugang kontrollierten, und wandte sich nach Norden. Henrich Witvogels Ziehmutter wohnte in der Kuhstraße, mitten in der Jüdefelder Leischaft.

Langsam erwachte die Stadt aus dem Schlaf. Schweinehirten waren bereits unterwegs und trieben Herden von quiekenden und grunzenden Schweinen zu den Stadttoren, damit sie sich vor den Mauern die Bäuche vollfressen konnten. Aus den Backstuben drang der Duft des schweren westfälischen Brotes, das vielen Gesandten, besonders den Südländern, die leichtes Weizenbrot bevorzugten, überhaupt nicht mundete.

Der aus der Pfalz stammende Jesuit hatte sich an das Pumpernickel gewöhnt, aber im Moment verspürte er keinerlei Hunger. Die restlichen Nachtstunden vor dem Gespräch mit dem Rektor hatte er in der Petrikirche verbracht, in Gebete vertieft, zwischen denen er mit sich selbst zu Rate gegangen war. Schwer lastete der Tod Henrich Witvogels auf seiner Seele. Wieviel Mitschuld trug er am tragischen und sinnlosen Sterben des Schülers? Hätte er den Selbstmord, wenn es denn einer war, verhindern können? Der eigentliche Grund für die hartnäckige Weigerung, den Befehlen seines Oberen zu folgen, war die Tatsache, daß er womöglich gegen sich selbst ermitteln mußte. Aber nicht einmal dem Rektor vermochte er diese Gewissensnot zu offenbaren. Was, wenn sich seine quälenden Gedanken bestätigten? Konnte er dann noch länger Jesuit bleiben?

Martin fühlte sich so verlassen wie noch nie. Immer war er den Befehlen des Ordens gehorsam gefolgt, hatte sich von Stadt zu Stadt und von Schule zu Schule schicken lassen. Seinem Beruf als Lehrer und Seelsorger war er mit Freude nachgegangen, ja, er hatte auch diese Stadt, das kleine, fast bäuerliche Münster, in sein Herz geschlossen. Mit dem Ermittlungsrichter der Stadt, dem Freigrafen Ketteler, verband ihn eine seltsame Freundschaft. Anläßlich einer Serie von Diebstählen im Paulinum waren sie zufällig zusammengetroffen und hatten sofort ihre Zuneigung füreinander entdeckt. Danach hatte ihn Ketteler ein paarmal zu Rate gezogen, wenn er bei vertrackten Mordfällen nicht weiterkam. Sosehr sich Ketteler auch von ihm unterschied, der Freigraf liebte alle weltlichen Genüsse, war ordinär und bis zur Gottlosigkeit unfromm, Martin mochte den bulligen, gutmütigen Mann. In diesem Moment sehnte er sich nach einem Gespräch mit dem Freund. Ketteler gegenüber konnte er offen reden, weil er wußte, daß dieser sein Vertrauen nicht ausnutzen würde.

Martin kam am Stift Überwasser und der Liebfrauenkirche vorbei, vor ihm lag die Jüdefelder Leischaft. Hier dominierten die einfachen, notdürftig zusammengezimmerten Holzhäuser, es roch nach Wassersuppen und Armut. Eine Horde Kinder, in Lumpen gewickelt, zog über die Straße und begaffte den Pater.

„Ein Mönch", wisperte es. „Was will der Mönch hier?"

Martin hielt den Kopf gesenkt. Welch ein Unterschied zu den sauberen und ordentlich gekleideten Schülern des

Paulinums. Über tausend Jungen besuchten zur Zeit das Gymnasium am Domplatz, sie kamen nicht nur aus Münster, sondern aus allen Ecken des Münsterlandes. Reiche Bürger aus Coesfeld und Warendorf schickten ihre Kinder auf das Paulinum, und vor allem der Landadel, der in den Schlössern und Burgen des Hochstifts wohnte. Einmal mehr wurde Martin bewußt, daß er die Sprößlinge von Privilegierten unterrichtete, die Kinder hier waren wahrscheinlich Analphabeten. Nur ganz selten schaffte es einer aus den Armenvierteln. So wie Henrich Witvogel.

Ein zweistöckiges, windschiefes, mit Lehm verputztes Haus gehörte zu der Adresse, die der Jesuit im Sekretariat der Schule gefunden hatte. Er klopfte an die Tür.

Nach einer Weile rumorte es im Inneren, dann öffnete sich die Tür einen Spaltbreit. Martin blickte in die müden Augen einer alten Frau, graue, strähnige Haare fielen in das aufgedunsene Gesicht.

„Seid Ihr Gertrud Lenfers, die Pflegemutter von Henrich Witvogel?"

„Henrich war mein Pflegekind, vor langer Zeit. Jetzt ist er bei den Jesuiten, auf dem Gymnasium."

„Ich weiß", nickte Martin. „Ich komme vom Paulinum."

Die Frau machte keine Anstalten, ihn hereinzulassen.

Martin fühlte sich unsicher. „Darf ich Euch unter vier Augen sprechen?"

Die Tür ging ein Stück weiter auf, allerdings versperrte die Lenfers mit ihrem massigen Körper den Eingang.

„Es ist nicht aufgeräumt, Pater. Ich habe nicht mit so hohem Besuch gerechnet."

„Es ist nur ..." Martin blickte sich um. „Das, was ich zu sagen habe, braucht nicht die ganze Straße zu hören."

„Na schön. Kommt herein!"

Sie trat einige Schritte zurück, und Martin folgte ihr in den dunklen Flur. Wieder wartete er vergeblich, daß sie ihn in die Wohnstube bat. Vermutlich war ihr die dort ausgestellte Ärmlichkeit peinlich.

Martin holte tief Luft. „Es tut mir leid, Frau Lenfers. Ich muß Euch eine traurige Nachricht bringen. Henrich ist in der letzten Nacht zu Tode gekommen."

Die alte Frau zuckte zusammen. „Tot? Der Junge? Aber wieso?"

„Gottes Ratschlüsse sind unergründlich. Wie es scheint, hat er sich selbst das Stiegenhaus hinabgestürzt."

Die Lenfers taumelte zurück und fiel hart auf die Stufen der Holztreppe, die in das obere Stockwerk führte.

Martin sprang vor. „Geht es Euch gut? Soll ich einen Becher Wasser holen?"

„Nein, danke", sagte sie schnell und stützte ihren schweren Kopf in die Hände. „Das begreife ich nicht. Der Junge wollte hoch hinaus, sein Ziel war es, selbst Pfaffe zu werden, entschuldigt, ich meine natürlich Priester. Und dann das."

„Ja, Henrich war ein fleißiger und aufmerksamer Schüler", bestätigte der Jesuit. „Glaubt mir, sein Tod geht mir sehr ans Herz."

Die Lenfers verfiel in ein Schweigen, das Martin die Luft abschnürte.

Er räusperte sich. „Darf ich Euch einige Fragen stellen", begann er erneut.

Sie nickte unmerklich.

„Hat Euch Henrich regelmäßig besucht?"

„Nein, nicht oft, ganz selten kam er vorbei."

„Wann war er das letzte Mal hier?"

„Oh, das ist schon lange her, irgendwann im Sommer. Er schämte sich wohl für die Armut, in der ich lebe, in der wir beide gelebt haben. Der arme Wurm. Er hat's nicht leicht gehabt. Drei Jahre war er alt, als ich ihn bekommen habe. Seine

Eltern kannte niemand. Zuerst hat er sich nicht zurechtgefunden mit den anderen Kindern, aber später ging's dann. Er war nicht mein einziges Pflegekind, wißt Ihr, insgesamt hatte ich sieben. Das hat mir etliche Laibe Brot, ein paar Pfund Butter und einige Maß Bier in der Woche eingebracht. Eigentlich eine schöne Zeit, trotz aller Anstrengungen. Jetzt bin ich leider zu klapprig, um Kinder anzunehmen."

Martin hatte verständnisvoll zugehört, obwohl ihm die nächste Frage auf der Zunge lag. „Hat Henrich, als er Euch im Sommer besucht hat, erzählt, daß es ihm schlecht gehe?"

„Nein, er war so wie immer."

„Oder daß er sich von etwas oder jemandem bedroht fühlt?"

„Nein." Die alte Frau dachte nach. „Das heißt, jetzt fällt's mir wieder ein: Er hat sich über einen Mitschüler beklagt, einen miesen Kerl, der ihn häufig drangsaliere."

„Hat Henrich den Namen des Mitschülers erwähnt?"

Gertrud Lenfers schüttelte den Kopf. „Hat er nicht. Ich nehme an, es ist einer aus seiner Klasse."

Pater Martin rieb sich die geröteten Augen. Mit fünfzehn Schülern aus Witvogels Klasse hatte er nun schon gesprochen, und alle hatte das Gleiche gesagt. Henrich habe sich immer nur um seinen Kram gekümmert und von den anderen abgekapselt. Alle Versuche, ihn in Spiele einzubinden oder zu Unternehmungen außerhalb der Schule zu überreden, seien fehlgeschlagen. Irgendwann hatten auch die Gutmütigsten die Lust verloren, auf den schwierigen Eigenbrödler zuzugehen. So ließen sie ihn einfach in Ruhe. Richtig leiden konnte ihn niemand, aber einen Grund zum Haß gab es auch nicht. Denn Henrich ging allen Streitereien aus dem Weg, verkroch sich lieber in seiner Ecke. Allmählich zweifelte Martin an der Geschichte, die ihm Gertrud Lenfers aufge-

tischt hatte. Wer sollte der Übeltäter sein, der Henrich gequält hatte?

Es klopfte an der Tür, und der nächste Schüler kam herein.

Martin mochte Johan von Westerbrinck nicht besonders.
Wie er da stolzierte, ein weißes Seidenhemd unter dem
Wams, sah man ihm schon den Stutzer an, den er später abge-
ben würde. Johan bildete sich viel darauf ein, der Sohn eines
Freiherrn zu sein und in nicht allzu ferner Zukunft auf einer
Wasserburg zu residieren.

„Setz dich, Johan!" befahl der Pater.

Der Junge setzte sich geziert auf die Holzbank.

Martin hauchte in seine Hände. Im Klassenraum war es
empfindlich kalt, und die Müdigkeit tat ein übriges. „Hast du
mir etwas über den Tod von Henrich zu sagen?"

„Ja, Pater."

Der Jesuit schaute auf. „Und was?"

„Ihr wißt, daß es nicht meine Art ist, einen Mitschüler zu
beschuldigen."

Martin nickte ungeduldig.

„Aber in diesem Fall, denke ich, ist es meine Pflicht, die
Wahrheit ans Licht zu bringen. Henrichs Tod darf nicht un-
gesühnt bleiben. Das seid Ihr und das gesamte ehrwürdige
Gymnasium der Gerechtigkeit schuldig."

„Rede nicht so gespreizt!" forderte Martin. „Und komm
endlich zur Sache!"

„Das wollte ich ja gerade, Pater", sagte Johan einge-
schnappt. „Es geht um Joachim Mestrup. Er hat dem Henrich
des öfteren nachgestellt und ihn bis aufs Blut gereizt."

„Ach. Wie kommt es, daß die anderen Schüler davon
nichts bemerkt haben?"

„Weil er es heimlich getan hat, und nur dann, wenn er sich
unbeobachtet fühlte. Er wußte, daß Henrich ihn nicht ver-
petzen würde."

Martin gefiel die Geschichte nicht. „Und ausgerechnet du hast davon Wind bekommen? Ist das nicht merkwürdig?"

„Rein zufällig, Pater. Joachim hat mich nicht gesehen. Und da ist noch etwas. In der Nacht, als Henrich zu Tode gestürzt ist, war Joachim an seinem Bett. Die beiden haben miteinander geflüstert."

„Wie konntest du Joachim in der Dunkelheit erkennen?"

„Ich will es nicht beschwören, Pater, aber ich bin sicher, daß er es war."

„Hmm", machte Martin. „Welchen Grund sollte Joachim gehabt haben, Henrich zu quälen?"

„Das weiß ich nicht, Pater", antwortete Johan schnippisch. „Ist es nicht Eure Aufgabe, das herauszufinden?"

„Warum hast du nicht gleich gesagt, was du weißt? Letzte Nacht, als ich in eurem Schlafraum war?"

„Weil ich mich vor Joachim fürchte. Er kann so ungeheuer launisch und grob sein."

„Gut, Johan. Ich danke dir für deine Auskünfte. Geh jetzt! Und bitte bewahr Stillschweigen, bis der Rektor und ich die Angelegenheit geklärt haben!"

Johan stand auf. „Ich vertraue Euch vollkommen, Pater."

Als sich die Tür hinter Johan von Westerbrinck geschlossen hatte, lehnte sich Martin müde zurück. Alles in ihm sträubte sich gegen die Verdächtigung, die gerade ausgesprochen worden war. Joachim Mestrup war ein zuvorkommender und höflicher Schüler. Martin hatte bereits mit ihm gesprochen und nicht das leiseste Anzeichen von schlechtem Gewissen bemerkt. Normalerweise konnte der Jesuit seinem Gespür vertrauen, das ihn aufhorchen ließ, sobald ein Schüler die Unwahrheit sagte. Auf der anderen Seite paßten Johans Anschuldigungen zu dem, was Gertrud Lenfers berichtet hatte. Und es wäre auch nicht das erste Mal, daß Martin sich in einem Schüler geirrt hätte.

Nachdem der Jesuit die drei letzten Schüler, die nichts Neues beizutragen wußten, vernommen hatte, rief er noch einmal Joachim Mestrup in den Klassenraum. Ohne Umschweife eröffnete er ihm die Vowürfe, ließ allerdings den Namen des Denunzianten unerwähnt.

„Ich?" schrie Joachim empört. „Ich soll so etwas getan haben? Wer beschuldigt mich? Ich möchte denjenigen zur Rede stellen."

„Das kann ich dir nicht sagen, nicht in diesem Stadium der Untersuchung."

„Ich bin unschuldig, Pater." Das jugendliche Gesicht hatte sich gerötet. „Ich habe Henrich kein Haar gekrümmt, so glaubt mir!"

Martins Gesicht blieb undurchdringlich. „Das wird sich erweisen, Joachim. Ich habe das größte Interesse, die Wahrheit herauszufinden. In deinem und in meinem Sinn."

Sechstes Kapitel

Freigraf Ketteler saß in *Schapmans Gasthaus* auf der Ludgeristraße und sprach gerade seinem zweiten Becher Wein zu, als Pater Martin eintrat.

Das Gesicht des Freigrafen strahlte. „Ihr seid ja fast schneller als der Blitz, Pater."

Martin guckte verdutzt. „Was meint Ihr damit, Freigraf?"

„Nun, vor zwei Minuten habe ich einen Botmeister zum Paulinum geschickt, versehen mit der dringenden Aufforderung, Euch in diese Schänke zu lotsen. Und kaum trinke ich einen Schluck Wein, da seid Ihr schon da. Das nenne ich überirdische Pünktlichkeit." Ketteler grinste. „Oder besitzt Ihr neuerdings die Gabe der Vorsehung, Mönch?"

„Macht Euch nur über mich lustig!" Martin setzte sich mit gespielter Empörung an den Tisch des Freigrafen, wohl wissend, daß dessen Spott nicht ernst gemeint war.

„Ach was!" wischte Ketteler den Vorwurf beiseite. „Ich freue mich, Euch zu sehen, das ist alles." Und dem Schankwirt brüllte er zu: „Einen Becher Wein für den Gottesmann."

„Nein. Einen Krug Dünnbier", korrigierte Martin ebenso lautstark. „Ich freue mich zwar ebenfalls, Euch zu treffen, aber in Eurer Gegenwart möchte ich lieber einen klaren Kopf behalten."

„So?" Ketteler fingerte in seinem Mantel.

„Außerdem muß ich Euch korrigieren: Ich bin kein Mönch."

„Nein?" lachte der Freigraf. Er stellte eine Schachtel auf den Tisch.

„Der Orden der Gesellschaft Jesu ist von einigen mönchischen Pflichten befreit, zum Beispiel den kanonischen Stunden und dem Tragen einer bestimmten Tracht."

Ketteler öffnete die Schachtel und nahm einen braunen Stengel heraus.

„Was ist denn das?" fragte Martin überrascht.

„Ein Geschenk von Graf Peñaranda, zum Dank dafür, daß wir den Mörder seines Gefolgsmannes Navarrete überführt haben. Eigentlich gebührt Euch ja die Hälfte, aber ich dachte, da Ihr ohnehin nicht raucht ..." Ketteler winkte dem Schankwirt, der kurz darauf mit einem brennenden Kienspan erschien. Ketteler hielt den Kienspan an den Stengel, sog ein paarmal kräftig und blies graublaue Rauchwolken in die Luft. „Man nennt sie *puros*. Sie werden in Sevilla von Frauen gedreht, aus Tabakblätter, die man in den spanischen Kronkolonien erntet. Diese *puros* hier sind was ganz besonderes. Peñaranda hat mir erzählt, daß die Blätter aus Cuba stammen, einer Insel vor der amerikanischen Küste, auf der angeblich der beste Tabak der Welt wächst."

Martin hustete. „Eure Pfeife war ja schon schlimm genug, doch das da stinkt einfach bestialisch."

„Schmeckt aber köstlich", widersprach der Freigraf. „Wollt Ihr einen *puro* probieren?"

„Nicht um alles in der Welt."

„Nun", Ketteler streifte die Asche an der Tischkante ab und wurde ernst, „warum seid Ihr hergekommen, Pater?"

„Weil ich Euren Rat brauche. Im Paulinum ist ein Schüler eines unnatürlichen Todes gestorben. Es sieht nach Selbstmord aus, allerdings ist auch ein Mord nicht ausgeschlossen. Und Ihr, warum habt Ihr nach mir schicken lassen?"

„Weil Ihr mir bei einem verzwickten Mordfall helfen sollt. Auf der Galgheide hat ein schwedischer Obristleutnant sein Leben ausgehaucht. Wie Ihr Euch vorstellen könnt, sitzt mir

Bürgermeister Timmerscheidt im Nacken, daß ich möglichst schnell Ergebnisse bringe. Schließlich stehen die Schweden gar nicht weit von Münster. Ein toter Offizier könnte sie in Rage versetzen. Der schwedische Resident in Münster, Freiherr Rosenhane, ist zwar ein rücksichtsvoller Mann, aber Graf Oxenstjerna in Osnabrück gilt als Choleriker." Ketteler nahm einen tiefen Zug. „Ich schlage vor, daß wir uns zuerst um meinen Fall kümmern, zu Eurem kommen wir dann später."

Martin seufzte. „Ihr seid immer noch der Alte, Freigraf. Ich komme, um Euch um Eure Hilfe zu bitten, und schon werde ich in die Polizeiarbeit eingespannt."

„Ich bin nun mal Polizist", dröhnte Ketteler. „Und was ist wohl wichtiger, ein Mord, der das Kriegsgeschehen beeinflußt, oder ein toter Schüler?"

„Und meine Zukunft", sagte der Jesuit leise. Laut fügte er hinzu: „Ihr habt vermutlich recht. Berichtet mir von Eurem Fall!"

Der Freigraf legte seine Hand auf den Arm des Paters. „Ich verspreche, daß ich mich um Euren toten Jungen kümmere. Noch heute." Dann griff er nach dem leeren Weinbecher und hielt ihn in die Höhe.

„Trinkt nicht soviel!" mahnte Martin. „Der viele Wein macht Eure Gedanken träge."

„Da kennt Ihr meine Gedanken schlecht", polterte Ketteler. „Nun also: Obristleutnant Falk von Wartenberg. Vorgestern nachmittag hat er das Haus von Doktor Rottendorff, in dem Freiherr Rosenhane residiert, verlassen. Sein Auftrag lautete, ein diplomatisches Schreiben, das Rosenhane verfaßt hatte, nach Osnabrück zu bringen, zu den schwedischen Gesandten Oxenstjerna und Salvius. Doch statt auf direktem Weg nach Osnabrück zu reiten, traf sich Wartenberg auf der Galgheide, also auf der entgegengesetzten Seite von Münster, mit seinem Mörder. Ein Duell kommt als Erklärung ebensowenig in Frage wie ein Raubmord oder militärische Spionage. Das diplomatische Schreiben haben wir unversehrt in den Taschen des Obristleutnants gefunden, und sein Geldbeutel war noch prall gefüllt. Dafür lag das hier neben der Leiche."

Ketteler legte die Tulpenzwiebel auf den Tisch.

„Eine Zwiebel", sagte Martin erstaunt.

„Genauer gesagt, eine Tulpenzwiebel. Doktor Rottendorff meint, daß sie in Amsterdam für hundert Gulden gehandelt wird. Mit anderen Worten: ein kleiner Schatz. Vielleicht wollte der Mörder Wartenberg die Zwiebel verkaufen, oder er hat sie verloren, oder, dritte Möglichkeit, er hat sie absichtlich neben die Leiche gelegt." Ketteler schaute den Jesuiten erwartungsvoll an. „Ihr seht, Pater: Viele Fragen und keine Antworten."

„Eine holländische Tulpenzwiebel", sinnierte Martin. „Ich habe davon gehört. Gibt es holländische Blumenhändler in der Stadt?"

„Nicht, daß ich wüßte."

„Wart Ihr schon bei der Gesandtschaft der Generalstaaten im Krameramtshaus?"

„Der Gedanke ist mir gekommen", lächelte der Freigraf. „Ich wollte lediglich Eure Ankunft abwarten."

Der Jesuit sprang auf. „Dann laßt uns aufbrechen."

„Nur die Ruhe!" stoppte ihn Ketteler. „Ich muß noch meinen Wein austrinken und den *puro* zuende rauchen."

„Nein, das müßt Ihr nicht", sagte Martin energisch und zog den schweren Mann hoch. „Wir gehen sofort."

Auf dem Prinzipalmarkt herrschte das übliche Gewimmel der Marktleute, die ihre aus dem Umland herbeigekarrten Waren feilboten. Kriegsveteranen, die Gliedmaßen oder das

Augenlicht verloren hatten, saßen auf den Stufen des Rathauses und bettelten um eine milde Gabe. Und zwischen den Ständen, an denen die Höcker mit Bürgerinnen und einkaufenden Dienern der Gesandtschaften verhandelten, trieben sich allerlei zwielichtige Gestalten herum.

Plötzlich blieb der Freigraf stehen und starrte in eine dunkle Ecke, in der ein menschliches Wesen zu erkennen war, das die Kapuze seines Umhangs tief ins Gesicht gezogen hatte.

„He du!" sagte Ketteler mit barscher Stimme. „Tritt vor!"

Das Wesen erhob sich und trat ins Sonnenlicht. Martin erschrak, als er das zerfressene Gesicht des Kapuzenträgers erblickte.

„Haben wir dich nicht vor einem Jahr aus der Stadt gewiesen, Dietrich Holscher?" plusterte sich der Freigraf auf, wobei er seine großen Pranken in die Hüften stemmte. „Du hast in der Lazarie in Kinderhaus zu bleiben, auf Anordnung der Kinderhausherren."

Holscher krümmte sich mitleidheischend. „Ich bitte um Gnade, Herr Freigraf. Ich wollte meine Familie wiedersehen, meine Frau und meine kleinen Jungen. Sie fehlen mir mehr als das tägliche Brot."

„Und deine Brut mit dem Aussatz anstecken, wie?"

„Nein, gewiß nicht."

„Pack dich, Holscher!" donnerte Ketteler. „Verschwinde sofort aus der Stadt und mach' dich auf den Weg zum Leprosorium! Falls ich dich noch einmal hier erwische, wirst du in Ketten gelegt. Ist das klar?"

Der Mann humpelte schnell davon.

„Seid Ihr nicht zu hart mit dem bedauernswerten Mann?" fragte Martin tadelnd. „Habt Ihr sein Gesicht gesehen?"

„Ich bin ja nicht blind", gab der Freigraf zurück. „Aber die Regeln sind nun mal für die Gesunden gemacht und nicht für die Kranken. Wenn wir die Gesundheitsvorschriften nicht einhalten, wird die nächste Pest die halbe Stadt hinwegraffen. Und allzu schnell wollt Ihr Eurem Herrgott doch auch nicht gegenübertreten, oder?"

„Das liegt nicht in meiner Macht."

„Redet mit Doktor Rottendorff darüber! Der sieht das ganz anders. Halt!" Der bullige Polizist blieb schon wieder stehen, und Martin verdrehte die Augen, weil sein Begleiter anscheinend unter einem Anfall von Tatendurst litt.

„Seht Ihr den Gauner da drüben?" Ketteler zeigte auf einen Mann, der ihnen den Rücken zukehrte. „Das ist ein alter Bekannter von mir, ein Dieb und Beutelschneider. Oft genug hat er am Pranger gestanden, und die Ohren hat der Barbier ihm auch schon aufgeschlitzt. Meine Nase sagt mir, daß er wieder auf der Pirsch ist."

Mit der Eleganz eines tapsenden Bäres schlich sich der Freigraf an. Just in dem Moment, als der Dieb eine felkenbehäupte Frau anrempelte und ihr die Tasche entreißen wollte, griff die Hand des Gesetzes zu und hielt den zappelnden Kerl wie eine Schraubzwinge umklammert.

„Dieb, Dieb", kreischte die Frau.

„Ich bin gestolpert", jammerte der Gauner. „Glaubt mir, Herr Freigraf, ich bin unschuldig."

„Erzähl das den Richtherren!" knurrte Ketteler.

Vom Geschrei angelockt, näherten sich zwei Botmeister, die den Markt bewachten. Der Freigraf übergab ihnen den Dieb und ordnete an, daß er ins Gefängnis geschafft werden solle.

„Können wir jetzt zu den Niederländern gehen, oder wollt Ihr erst noch Münster von sämtlichen Missetätern befreien?"

Ein zufriedenes Grinsen im Gesicht, drehte sich Ketteler zu dem Jesuitenpater um. „Die Aufgaben eines Freigrafen sind vielfältig."

„Das sehe ich."

Die Kramergilde, die reichste der münsterschen Gilden, besaß auch das schönste Gildenhaus. Direkt hinter der Lambertikirche, der Bürgerkirche, gelegen, demonstrierte es die Macht der Kaufleute, die im Stadtrat über großen Einfluß verfügten. Nicht von ungefähr hatten die Kramer ihr Amtshaus den Gesandten der niederländischen Generalstaaten überlassen. In der Handwerker- und Bürgerschaft gab es viel Sympathie für die calvinistischen Niederlande. Mit ihrer Hilfe, so hofften manche, könne man die Herrschaft des katholischen Fürstbischofs und des mitten in der Stadt hockenden Domkapitels abschütteln.

Die Gesandten der Vereinigten Provinzen hatten indes andere Sorgen. Beinahe achtzig Jahre währte jetzt der Befreiungskampf gegen das habsburgische Spanien. Und der Verbündete Frankreich, auf den man in den letzten Jahren gesetzt hatte, erwies sich als wankelmütig. Da gab es das Angebot Kardinal Mazarins, des französischen Regenten, das von französischen Truppen besetzte Katalonien gegen die spanischen Niederlande auszutauschen. Und dann der lächerliche Versuch, den achtjährigen König von Frankreich mit der Infantin, der einzigen Tochter König Philipps IV. von Spanien, zu verheiraten. Die Spanier hatten die Offerte öffentlich und damit zunichte gemacht. Die Verbündeten Frankreichs waren empört, sogar die Schweden zeigten sich entrüstet. Ein geschickter Schachzug von Graf Peñaranda, dem spanischen Gesandten in Münster, der die Niederländer zu einem akzeptablen Frieden drängen wollte. Die Generalstaaten, von Panik ergriffen, ihren Kampf ohne Verbündete weiterführen zu müssen, hatten sich mit Spanien auf einen Waffenstillstand geeinigt. Ein Friedensvertrag, der den Vereinigten Niederlanden die endgültige Freiheit garantieren würde, sollte in den nächsten Monaten unterzeichnet werden.

So herrschte im Krameramtshaus freudige Zuversicht.

Freigraf Ketteler und Pater Martin wurden höflich aufgenommen, und nach einer kurzen Beratung unter den Gesandten erklärte sich der holländische Prinzipalgesandte, Adriaen Pauw, bereit, die beiden Münsteraner zu einer Audienz zu empfangen.

Mit knappen Worten schilderte Ketteler den Mordfall und sein Anliegen. Pauw hörte aufmerksam zu, bat sodann, die Tulpenzwiebel begutachten zu dürfen.

Mit feinem Lächeln betrachtete er die kleine Zwiebel. „Euer Doktor Rottendorff ist ein kundiger Mann. Es handelt sich tatsächlich um eine Generalissimo, eine Kreation von Francisco Gomez da Costa. Auf meinem Landsitz in Heemstede habe ich selber Tulpen gezüchtet, nach meiner Amtszeit als Ratspensionär. Damals, in den zwanziger Jahren, war die Tulpenzucht noch nicht mit dem Makel der Spekulation behaftet. Viele vornehme Männer haben Tulpen zu ihrem eigenen Vergnügen gezogen, meine rot-weiß gestreiften konnten sich durchaus sehen lassen." Er gab die Zwiebel zurück, sein Gesicht drückte jetzt Mißbilligung aus. „Doch was sich heute in Amsterdam abspielt, spottet jeder Beschreibung. Das ist kein ehrbarer Handel mehr, das ist der reinste *Windhandel*. Diese sogenannten Tulpenhändler, die nur noch Papiere zirkulieren lassen, haben nie eine Tulpenzwiebel in der Hand gehabt. Es sind Spekulanten mit zerrütteten Nerven, die an ihren Nägeln kauen und ständig hüsteln. Und auf solche Leute fallen anständige Bürger herein. Viele ruinieren sich, verkaufen Haus und Hof in der Hoffnung, mit Tulpenzwiebeln schnell reich zu werden. Der Magistrat wird dem bald ein Ende bereiten und den Schwindel verbieten, da bin ich ganz sicher."

„Wer könnte die Tulpenzwiebel nach Münster gebracht haben?" fragte Pater Martin. „Habt Ihr Kenntnis von einem Tulpenhändler, der sich hier aufhält?"

Pauw schüttelte den Kopf. „Da kann ich Euch nicht weiter-
helfen. Mir ist nichts von einem Tulpenhändler bekannt. Und
wenn es einen solchen in Münster gäbe, dann würde er sich
sicherlich von der Gesandtschaft fernhalten."

Siebtes Kapitel

Nun sind wir so klug als wie zuvor", sagte Freigraf Kettler, als sie auf dem Alten Steinweg standen.

„Immerhin wissen wir jetzt, daß sich der Tulpenhändler von der niederländischen Gesandtschaft fernhält", meinte Pater Martin.

„Aus gutem Grund", knurrte Ketteler. „Nach dem, was ich bisher über den Tulpenhandel gehört habe, scheint er mir große Ähnlichkeit mit dem gewöhnlichen Betrug zu besitzen."

„Trotzdem, ein Händler braucht Kunden", sinnierte Martin. „Irgendwann muß er aus seinem Winkel hervorkommen, wenn er die Zwiebeln losschlagen will."

„Nur daß es in Münster Tausende von Winkeln gibt", stöhnte der Freigraf. „Ich kann doch nicht an jeder Ecke einen Botmeister postieren."

„Das wird auch nicht nötig sein. Beantwortet mir eine Frage, lieber Freigraf: Wieviele Bürger in Münster, die auswärtigen Gesandten nicht mitgerechnet, können sich eine Tulpenzwiebel für hundert Gulden leisten?"

Ketteler dachte nach. „Schwer zu sagen. Fünfhundert dürften über das notwendige Bare verfügen, aber bei einigen kann ich mir wahrlich nicht vorstellen, daß sie ihr Geld für eine Blume ausgeben."

„Eben", schmunzelte Martin. „Das ist der Punkt, an dem Ihr ansetzen müßt. Folgt der Spur des Geldes! Die Welt ist eitel. Wer seiner Frau eine kostbare Kette schenkt, ist versessen darauf, daß sie diese bei der nächsten feierlichen Gelegenheit anlegt. Und wer einen kleinen Schatz in seinem Garten vergräbt, kann vielleicht nicht bis zur Blütezeit warten, um damit zu protzen."

„Ich?" fragte der Freigraf mißtrauisch. „Heißt das, Ihr wollt mich mit meinem Problem allein lassen?"

Der Jesuit schaute zu den Domtürmen, die hinter den Giebelhäusern am Prinzipalmarkt hervorlugten. „So gern ich Euch mit vollem Herzen unterstützen würde, Freigraf, meine Gedanken kreisen um den toten Jungen. Er war mein Schüler, ich fühle mich an seinem Tod mitschuldig."

„Und ich habe versprochen, Euch zu helfen", brummte Ketteler. „Was der Freigaf verspricht, das hält er auch. Auf jetzt, Pater, wir gehen zum Paulinum! Unterwegs teilt Ihr mir alles mit, was ich wissen muß."

Auf dem Domhof herrschte inzwischen lebhaftes Treiben. Einige ausländische Gesandtschaften, darunter die Franzosen, residierten in Domkurien, und auf den baumbestandenen Wegen waren allerlei europäische Sprachen zu hören.

Martin berichtete von den Ereignissen der vergangenen Nacht, dem Auftrag des Rektors und dem Gespräch, das er mit Henrich Witvogels Pflegemutter Gertrud Lenfers geführt hatte. Schließlich erwähnte er die Anschuldigungen, die Johan von Westerbrinck erhoben hatte.

„Wer soll Witvogel in den Freitod getrieben haben?" fragte Ketteler mit heiserer Stimme.

„Joachim Mestrup. Eigentlich ein liebenswürdiger Junge. Daß er zu einer solchen Schlechtigkeit fähig sein soll, kann ich mir einfach nicht vorstellen. Doch leider deckt sich Westerbrincks Gemunkel mit dem, was Gertrud Lenfers gesagt hat."

„Die Welt ist nicht nur eitel, sie ist auch schlecht", stieß der Freigraf hervor.

61

Besorgt betrachtete Martin seinen Begleiter. „Was ist mit Euch? Euer Gesicht ist weiß wie eine Leinwand. Fühlt Ihr Euch nicht wohl?"

„Joachim Mestrup", knirschte Ketteler zornig. „Dieses Miststück ..."

„Ihr kennt ihn?"

„Noch nicht. Aber wenn ich das Bürschchen in die Finger kriege, mache ich Mus aus ihm."

Der Jesuit war ratlos. „Wovon redet Ihr?"

„Dieser Halunke hat meine Tochter Anna zum Tanz ausgeführt."

Martin schloß die Augen und sandte ein Stoßgebet zum Himmel. Wenn es um Anna ging, konnte Ketteler zum Berserker werden. In diesem Zustand würde ihm der Freund keine Hilfe sein. „Bitte, Freigraf!" flehte der Gottesmann. „Bewahrt kühles Blut! Noch ist nichts bewiesen."

Der Angesprochene stampfte entschlossen vorwärts. „Keine Sorge, Pater. Ich weiß, was ich zu tun habe. Zuerst möchte ich den Denunzianten hören. Dann knöpfe ich mir Mestrup vor. Bei Ketteler reden sie alle." Er lachte heiser. „Früher oder später."

„Um Gottes Willen", beschwor ihn Martin. „Er ist doch noch ein halbes Kind."

Der Freigraf hob seine Faust. „Ich nehme mit der anderen Hälfte vorlieb. Wer Mädchen schöne Augen macht, ist alt genug, für seine Taten geradezustehen."

Der Raum war fast zu klein, um drei Menschen aufzunehmen. Doch um Aufsehen zu vermeiden, hatte es der Freigraf vorgezogen, die Vernehmung in Pater Martins winziger Kammer im Jesuitenkolleg durchzuführen.

Er selbst hockte wie ein Krake auf dem Bett, Martin saß auf dem einzigen Stuhl und Johan von Westerbrinck lehnte lässig an der Wand, als würden ihn die Enge und die massige Gestalt des Polizisten überhaupt nicht beeindrucken. In arrogantem Ton wiederholte der junge Adelige die Aussage, die er am Morgen gegenüber seinem Lehrer gemacht hatte. Ketteler hörte aufmerksam zu, stellte einige Nachfragen und entließ Westerbrinck sodann ohne ein sichtbares Zeichen der Zustimmung oder Mißbilligung.

„Nun?" fragte Martin, als Westerbrinck gegangen war.

„Ein eingebildeter Schnösel. Aber was er sagt, muß auf einer wahren Begebenheit beruhen. Er schildert die Vorkommnisse so haarklein, daß sie keine reine Erfindung sein können."

„Den Eindruck habe ich auch", gab der Pater deprimiert zu. „Leider."

„Ihr seid voreingenommen, weil Ihr diesen Joachim Mestrup mögt."

„Ich halte ihn für einen im Grunde herzensguten Menschen, ja."

„Ihr liebt ihn mehr als Johan von Westerbrinck oder den toten Jungen, wie hieß er noch gleich, Henrich Witvogel."

„Als Pädagoge darf ich solche Gefühle nicht zulassen."

„Aber Ihr habt sie. Gebt es ruhig zu!"

Der Jesuit nickte.

„Dann schafft mir das Bürschchen endlich her, damit ich mir ein eigenes Bild machen kann!"

Martin erhob sich. „Freigraf, ich bitte Euch nochmals ..."

„Ich werde ihm schon nicht die Gräten brechen", sagte Ketteler mit bösem Lächeln. „Dafür haben wir in Münster einen Scharfrichter."

Martin verdrehte die Augen.

Im Gegensatz zu Johan von Westerbrinck war mit Joachim Mestrup seit dem Morgen eine Veränderung vorgegangen. Das normalerweise fröhliche Gesicht wirkte fahl und fleckig, die geröteten Augen blickten ängstlich in der Kammer umher.

Als der Freigraf mit schneidender Stimme zu sprechen begann, zuckte der Junge zusammen. „Henrich Witvogel, was war er für dich?"

„Ich verstehe nicht, hoher Herr", antwortete Mestrup schüchtern.

„Ein Freund, ein Kamerad, ein Gegner, ein Feind?"

„Nichts von alledem. Ich habe kaum ein paar Worte mit ihm gewechselt. Henrich blieb für sich allein, er hielt sich von uns anderen fern."

„Hat dich das nicht geärgert?"

„Manchmal, ja, habe ich mich gefragt, warum er so ist."

„Da ist ein verschlossener Junge, der nichts von euch wissen will, der sich für was Besseres hält, obwohl er in seiner Kindheit Lumpen getragen hat. Irgendwann sticht dich der Hafer und du hänselst ihn. Es fängt ganz harmlos an, eine spitze Bemerkung hier, ein höhnisches Wort dort. Aber auch das zeigt keine Wirkung, Henrich verharrt in seiner sturen Art. Das reizt dich noch mehr und du greifst zu härteren Mitteln."

„Nein", rief Mestrup empört. „Das ist nicht wahr."

„Es gibt Augenzeugen, die dich beobachtet haben."

„Die lügen", schrie Mestrup. „Ich habe Henrich nicht gequält."

„In der Nacht, als Henrich gestorben ist, bist du an seinem Bett gesehen worden. Was hast du zu ihm gesagt?"

„Das stimmt nicht." Tränen liefen dem Jungen über die Wangen. „Bei Gott, ich schwöre, daß ich geschlafen habe."

„Was hast du an dem Abend gemacht?"

„Ich bin mit einem Mädchen ausgegangen. Wir haben getanzt. Und hinterher war ich müde, warum sollte ich ..."

„Hast du das Mädchen verführt?" fragte Ketteler hinterhältig. Martin warf ihm einen warnenden Blick zu.

Mestrup schluckte. „Wenn Ihr mich schon nicht verschont, dann wenigstens das Mädchen. Es kommt aus einer ehrbaren Familie ..."

„Das will ich meinen", posaunte der Freigraf.

Mestrup riß die Augen auf.

„Anna ist meine Tochter, du kleiner Scheißer. Falls du noch einmal in ihre Nähe kommst, breche ich dir sämtliche Knochen im Leib. Hast du das verstanden?"

„Ich ... ich ...", stammelte der Junge.

„Joachim wird sich daran halten", mischte sich Martin ein, um den Freigrafen zu beruhigen.

Mestrup wischte sich die Augen. „Muß ich jetzt die Schule verlassen?"

Das Bett ächzte bedenklich, als Ketteler aufstand. Joachim Mestrup wich zurück.

„Solange die Untersuchung andauert, verhältst du dich, als wäre nichts geschehen. Alles weitere wird sich fügen. Und jetzt troll dich!"

Pater Martin hielt die Augen gesenkt. Wie gern hätte er dem Jungen ein paar tröstende Worte gesagt.

Joachim Mestrup stürzte hinaus.

Der Freigraf wandte sich um. „Ihr glaubt ihm, nicht wahr?"

„Mein Gefühl sagt ja, mein Verstand nein."

„Beim Furz des Teufels, er sieht auch für mich nicht aus wie ein Übeltäter."

„Freigraf, bitte! Ihr befindet Euch in einem geistlichen Haus."

„Entschuldigt, Pater! Zwei vertrackte Fälle auf einmal sind mehr, als ein alter Polizist vertragen kann."

Martin seufzte. „Was sage ich bloß dem Rektor?"

„Sagt ihm, daß ich eine strenge und gerechte Untersuchung führe. Er wird von mir hören, sobald es an der Zeit ist." Die Stimme des Freigrafen wurde sanfter. „Und habt ein Auge auf den Jungen! Nicht, daß noch einer die Treppe herunterfällt."

Der Jesuit lächelte. „Unter Eurem groben Gehabe verbirgt sich ein gütiger Mensch."

„Das ist mein Fehler, Pater."

„Oder Euer Vorzug."

Ketteler verbarg seine Rührung unter lautem Poltern. „Ich muß nach Hause, mich um meine Familie kümmern. Der Tag war anstrengend genug."

„Bestellt Eurer Frau und Anna meine herzlichen Grüße!"

„Anna." Der Freigraf hielt inne. „Mit der habe ich auch noch ein Wörtchen zu reden."

Gedankenverloren betrat Ketteler die Diele seines Hauses. Der Diener Johan eilte herbei und nahm ihm den Umhang ab. Ächzend ließ sich sein schwergewichtiger Herr neben dem lodernden Kaminfeuer auf einen Stuhl fallen.

„Bring mir einen Becher Wein, Johan, oder, besser noch, einen ganzen Krug!"

Der Diener verschwand und kehrte kurz darauf mit dem Gewünschten zurück. Ketteler stürzte sofort einen Becher hinunter. Aus der Küche roch es wieder nach Wirsing. In seinem Hinterkopf regte sich ein Gedanke. Bevor er ihn fassen konnte, sagte Elisabeth, die plötzlich neben ihm stand: „Hast du die Gesandten nach der Miete gefragt, Bernd?"

„Nein, das habe ich vergessen."

Sie schmollte.

„Ich verspreche dir, ich werde sie mir gleich morgen früh vornehmen."

„Das hast du gestern auch gesagt."

„Ich habe zwei schwierige Fälle am Hals, Elisabeth, zwei

verdammt unangenehme Fälle. Ich kann nicht an alles denken." Er goß sich Wein nach. „Ist Anna da?"

„Ja."

„Sag ihr, daß ich sie sprechen möchte!"

Mißtrauisch betrachtete Elisabeth ihren Mann. „Geht es immer noch um den Tanzabend?"

„Es geht um Joachim Mestrup. Der ist leider nicht so anständig, wie du angenommen hast."

„Dieser harmlose Junge?"

„Der harmlose Junge wird verdächtigt, einen Mitschüler in den Tod getrieben zu haben."

Elisabeth starrte ihn mit offenem Mund an. „Was?"

„Noch ist nichts bewiesen", lenkte Ketteler ein. „Und jetzt geh' bitte und hol' Anna!"

Da zwei Kammern des oberen Stockwerks an die reichsstädtischen Gesandten vermietet waren, wohnte Anna gemeinsam mit den beiden jüngeren Brüdern in der Upkammer. Ketteler hörte ein Getrappel, dann schwebte das Mädchen die Treppe herunter. Ihr langes blondes Haar, das Anna ungebunden trug, flatterte hinter ihr her.

Sie wird von Tag zu Tag schöner, dachte der Freigraf. Kein Wunder, daß sie den Burschen die Köpfe verdreht.

„Vater, ich freue mich, dich zu sehen." Sie drückte ihm einen Kuß in den filzigen Vollbart.

„Anna, setz dich!"

Erstaunt ließ sie sich nieder. „Warum guckst du so streng?"

Ketteler trank hastig einen Schluck Wein. „Nimm das, was ich dir zu sagen habe ..."

„Ich weiß", unterbrach sie ihn, „ich hätte dich wegen Joachim Mestrup fragen sollen. Aber er ist ein so höflicher junger Mann. Wenn du ihn kennen würdest ..."

„Ich kenne ihn."

Anna lächelte zaghaft. „Und? Welchen Eindruck hast du?"

Der Freigraf kraulte verlegen seinen Bart. „Anna, er ist in einen Fall verstrickt, an dem ich arbeite."

Sie wurde blaß. „Er wird doch nicht etwa beschuldigt, etwas Verbotenes getan zu haben?"

„Schlimmer noch."

„Und was wirft man ihm vor?"

„Besser, du belastest dich nicht damit."

„Du irrst, Vater." Ihr zartes Gesicht wurde hart. „Was auch immer es ist, dessen man ihn bezichtigt, ich glaube davon kein Wort. Joachim ist kein schlechter Mensch."

„Mag sein. Ich habe noch kein abschließendes Urteil gefällt. Trotzdem untersage ich dir, ihn noch einmal zu treffen."

Sie sprang auf. „Du bist gemein, hartherzig und gemein." Dann rannte sie schluchzend davon.

Achtes Kapitel

Mißmutig rührte der Freigraf in seinem *Warmbier*, das ihm die Köchin, wie jeden Morgen, aus Schwarzbrot und Dünnbier gekocht hatte. Er dachte an den vergangenen Abend. Anna hatte sich geweigert, zum Abendessen in der Küche zu erscheinen, und auch Elisabeth hatte kalt wie ein Eiszapfen auf ihrem Stuhl gesessen und ihn keines Blickes gewürdigt. Die beiden Jungen, die ahnungslos waren und unter dem giftigen Schweigen die Köpfe einzogen, hatten das Essen hinuntergeschlungen und sich so schnell wie möglich aus dem Staub gemacht. Beleidigt und enttäuscht war Ketteler zu seinem Lieblingsplatz am Kamin gestampft und hatte seinen Kummer in mehreren Krügen Wein ertränkt. Mit dem Resultat, daß ihm heute der Schädel brummte, als hätte er seinen Kopf in einen Bienenstock gesteckt. Zu vernünftigen Überlegungen fühlte er sich jedenfalls nicht imstande, dabei hätte er gerade jetzt einen Geistesblitz gebraucht, um bei seinen Ermittlungen ein Stück weiter zu kommen.

Elisabeth betrat die Küche. Sie hatte ihre monströse Haube aufgesetzt, offensichtlich bereit, sich in das Getümmel auf dem Prinzipalmarkt zu stürzen.

Der Freigraf suchte ihren Blick, und tatsächlich glaubte er einen Schimmer der Versöhnung in ihren Augen zu erkennen.

„Du gehst zum Markt?" murmelte er.

„Ja. Mal sehen, wie hoch die Preise seit gestern gestiegen sind." Sie nahm ihren Geldbeutel aus der Kommode. „Ach,

Bernd, wenn du mit den Gesandten sprichst und die feinen Herren endlich zahlen ..."

Ketteler führte den Löffel zum Mund. „Was ist dann?"

„Weißt du, was ich gerne kaufen würde?"

„Schinken, Würste und Braten?" riet ihr Gatte.

„Für dich ein halbes Schwein, und ich, ich hätte für meinen kleinen Garten gerne ein paar Tulpen."

Ketteler spuckte das *Warmbier* auf den Tisch.

„Bernd!" Sie stürzte zu ihm und klopfte ihm auf den Rücken.

Sein Atem rasselte: „Tulpen?"

„Es gibt welche, die sind gar nicht so teuer. Mein Gott, ich dachte, dich trifft der Schlag."

Er rang nach Luft: „Wieso Tulpen?"

„Die blühen im Frühjahr ganz herrlich, sagt die Baecksche. Sie selbst hat schon einige Zwiebeln eingepflanzt, und die Frau von Bürgermeister Plönies soll ebenfalls welche gekauft haben. Jetzt sei die richtige Zeit, meint die Baecksche. Stell dir vor, was die für Augen macht, wenn ich ihr im nächsten Jahr unseren Garten zeige, und da wachsen vier, fünf zarte Tulpen."

„Baeck ist ein Stutzer", grollte Ketteler.

„Er ist Notar, und er achtet auf sein Äußeres. Wie oft habe ich dir schon gesagt, daß du dir den Bart schneiden lassen sollst? Kein Mann von Ehre und Rang trägt heutzutage noch einen Vollbart."

„Kuhmist", brummte der Freigraf. „Ich mache doch nicht jede Mode mit, nur weil die Franzosen seit ein paar Jahren mit diesen dünnen Ziegenbärten herumlaufen. Ich habe was Besseres zu tun, als mir jeden Morgen die Backen zu schaben." Er besann sich. „Wie ist die Baecksche denn an die Tulpenzwiebeln gekommen?"

„Wie wohl? Du stellst Fragen. Sie hat sie von einem

Tulpenhändler gekauft."

„Und wo?"

„In Münster natürlich. Die Baecksche ist noch nie verreist. Es gibt einen Holländer in der Stadt, der mit Tulpenzwiebeln handelt."

„Herrgott, Elisabeth, ich will wissen, wo ich diesen verdammten Tulpenhändler finde."

„Wieso?" Sie wurde mißtrauisch. „Du willst doch nicht selbst ... Laß mich das lieber machen! Weißt du, er hat so ein Buch, in dem man sehen kann, in welchen Farben die Tulpen später blühen. Es soll rote und gelbe geben und solche, bei denen sich die Farben mischen. Die sind allerdings auch teurer ..."

„Elisabeth", heulte der Freigraf auf, „ich brauche den verfluchten Holländer, weil ich ihn verhören muß. Auf der Galgheide, neben der Leiche eines ermordeten schwedischen Obristleutnants, haben wir eine Tulpenzwiebel gefunden. Dein putziger Tulpenhändler kann mir hoffentlich die Frage beantworten, wie die Zwiebel dort hingekommen ist."

„Ach so." Elisabeth wirkte enttäuscht. „Das hätte ich mir gleich denken können, daß du nur deinen Polizeidienst im Kopf hast."

Ketteler atmete schwer. „Und?"

„Ich weiß nicht, wo du ihn findest. Frag doch die Baecksche!"

„Das werde ich auch." Der dicke Mann sprang behende auf. „Und zwar sofort."

Die Baecksche war überrascht, den Freigrafen vor ihrer Tür zu sehen. Obwohl sie fast Nachbarn waren, ging Ketteler dem Notar und seiner angeberischen Frau aus dem Weg. Es reichte ihm, bei den Versammlungen der Aegidii-Leischaft den schwülstigen Reden des Notars lauschen zu müssen.

„Herr Freigraf, was führt Euch zu uns?" rief die Frau mit gespieltem Entzücken.

„Eine simple Frage", antwortete Ketteler mit falschem Lächeln. „Wo habt Ihr die Tulpenzwiebeln erstanden, die in Eurer Gartenerde schlummern?"

Die Baecksche warf sich in die Brust. „Oh, die Tulpen! Ganz Münster schwärmt von der Tulpenpracht, ich meine natürlich die Leute, die es sich leisten können. Hat Euch Eure Frau überzeugt, daß ein Tulpenbeet Euren Garten verschönern würde?" Die Neugierde war nicht zu überhören.

„Wo?" beharrte der Freigraf. Wieso hatte er nichts von der Tulpenmanie gehört, von der angeblich ganz Münster befallen war? Allmählich kam er sich vor wie ein Idiot.

Die Baecksche wisperte verschwörerisch: „Da ist so ein Mann, ein Holländer. Er kommt direkt aus Amsterdam. Ein bißchen merkwürdig wirkt er schon, ganz in Schwarz gekleidet, mit recht seltsamem Gehabe. Aber von Tulpen versteht er alles. Ihr solltet sein Angebot sehen. Es reicht von den einfachen Gelben bis hin zu den edelsten und teuersten Hybriden."

Ketteler wurde ungeduldig. „Ich möchte sein Angebot ja sehen. Sagt mir, wie ich den Tulpenhändler treffen kann!"

„Ihr findet ihn in einem kleinen Garten hinter der Liebfrauenkirche. Ich glaube nicht, daß er dort wohnt. Aber jeden Tag um die Mittagszeit ist er dort anzutreffen."

Die Liebfrauenkirche, auch Überwasserkirche genannt, weil sie von der Stadt aus gesehen jenseits der Aa lag, war die Pfarrkirche der Liebfrauen-Leischaft, die im Norden bis zum Kreuztor und im Süden bis zum Bispinghof, einer alten Niederlassung der Deutschordensritter, reichte. An der Liebfrauenstraße gab es eine ganze Reihe von Gärten und Äckern, hier bauten die Leute noch selber Gemüse an, Pferde und

Kühe weideten auf eingezäunten Wiesen, und zwischen Misthaufen stolzierten Hühner herum.

Zusammen mit zwei Polizeidienern, die er zur Verstärkung geholt hatte, legte sich Ketteler in einem Schuppen des Klosters Hoffringe auf die Lauer. Von hier aus hatte er einen guten Überblick, während er selbst unentdeckt blieb. Denn der Tulpenhändler würde sein ambulantes Gewerbe sicher nicht eröffnen, wenn er die drei Polizisten zu Gesicht bekäme.

Kurz vor Mittag erschienen zuerst zwei, dann eine dritte Bürgerfrau, die unschlüssig auf der Liebfrauenstraße stehen blieben, neben einem verwilderten Garten, der von seinen Besitzern vor längerer Zeit aufgegeben worden war. Und keine Viertelstunde später kam der Tulpenhändler. Er trug einen Holzkoffer, der genauso schwarz war wie sein ganzes Äußeres. Ketteler mußte der Baeckschen recht geben, der Mann wirkte merkwürdig. Er hatte den Schlapphut tief ins Gesicht gezogen, nickte den Frauen nur flüchtig zu, bevor er mit schnellen Bewegungen in dem verwilderten Garten verschwand. Doch für einen kurzen Moment hatte der Freigraf das Gesicht des Händlers gesehen. Eine große Nase stach unter dem Hut hervor, und der dunkle Teint paßte überhaupt nicht zu dem Erscheinungsbild der Holländer, die Ketteler kannte.

„Auf geht's!" kommandierte der Freigraf. Einen Polizeidiener schickte er um das Kloster Hoffringe herum, damit dieser dem Händler den Rückweg zur Straße versperrte, mit dem anderen schlug er sich quer durch die Gärten.

Der Tulpenhändler hatte seinen aufgeklappten Holzkoffer auf einer Steinbank abgestellt und deutete gerade auf eine Abbildung in einem Buch, die die Bürgerfrauen staunend betrachteten, als Ketteler schnaufend durch das Gebüsch brach.

Der Holländer zuckte zusammen.

„Ihr seid es, Freigraf!" rief eine der Frauen empört. „Warum schleicht Ihr Euch an wie ein Strauchdieb?"

„Ich glaube nicht, daß ich Euch Rechenschaft schuldig bin", erwiderte Ketteler mit einer angedeuteten Verbeugung.

„Ist es verboten, ein wenig in der frischen Luft zu plaudern?" mischte sich die zweite ein.

„In so lauschiger Umgebung, nicht wahr?" Der Freigraf machte eine Handbewegung. „Mir scheint, daß hier ein Geschäft abgewickelt wird, das das Licht der Öffentlichkeit scheut."

„Das ist infam", giftete die dritte. „Mein Mann ist Erbmarschall. Er wird die Räte des Fürstbischofs davon in Kenntnis setzen, wie Ihr Euch ehrbaren Frauen gegenüber aufführt."

„Dann solltet Ihr nicht zögern, Euren Gatten aufzusuchen", schlug Ketteler spöttisch vor. „Und auch die anderen Damen möchte ich bitten, sich zurückzuziehen. Ich habe mit dem Herrn hier ein Wörtchen zu reden."

Der Tulpenhändler, der bislang geschwiegen hatte, schaute die Frauen hilfesuchend an.

„Geht!" sagte der Freigraf streng.

Halblaute Proteste ausstoßend, wandten sich die Frauen zur Straße.

„Habt Ihr eine Lizenz für den Handel mit Tulpen?"

Der Mann schüttelte den Kopf.

„Aber Ihr versteht meine Sprache?"

Der Mann nickte.

„Nennt mir Euren Namen!"

Seine Stimme hatte einen singenden, mit Zischlauten durchsetzten Tonfall: „Antonio Alvares Suasso. Ich bin Bürger der Stadt Amsterdam."

Ketteler war überrascht. „Ein sonderbarer Name für einen Einwohner der Generalstaaten."

„Meine Familie stammt aus Portugal. Nunmehr seit drei Generationen leben wir als gottesfürchtige Christen und treue Diener unseres Landes in Amsterdam."

„Nun, Herr Suasso, ich fürchte, Ihr werdet mich zum Rathaus begleiten müssen."

Suasso bekreuzigte sich. „Ich denke, ich habe keine Wahl."

„Nein, die habt Ihr nicht."

Neuntes Kapitel

Er hat einen südländisch klingenden Namen und behauptet, daß seine Familie aus Portugal stamme", unterrichtete der Freigraf Pater Martin, der in Begleitung eines Botmeisters am Rathaus eintraf.

Sie betraten die Eingangshalle und gingen an der Ratskammer vorbei zur Schreiberei, die gleichzeitig als Gefängnis diente.

„Welchen Eindruck habt Ihr von ihm?" erkundigte sich der Jesuit.

„Ich habe ihn in flagranti beim Handel mit Tulpenzwiebeln erwischt, für den er in Münster keine Lizenz besitzt. Schwer zu sagen, ob seine Verschrecktheit allein daher rührt, oder ob mehr dahinter steckt. Mit dem Verhör wollte ich auf Euch warten. Wie Ihr wißt, schätze ich Eure Scharfsinnigkeit und Eure Beobachtungsgabe."

Martin nahm die Schmeichelei gelassen. „Ich helfe gern", sagte er schlicht. „So, wie Ihr auch mir helft."

Ketteler verstand die Anspielung. „Den Tod Eures Schülers werden wir auch noch aufklären. Habt Geduld!"

Der Pater seufzte. „Auf meine Geduld kommt es leider nicht an. Ich fürchte, Ihr werdet bald auf meinen Rat verzichten müssen, wenn wir dem Rektor des Paulinums keine plausible Erklärung liefern."

Der Freigraf blieb stehen. „Was redet Ihr da?"

„Der Orden dehnt seine Tätigkeit nach Osten aus. Der Rektor hat mir eröffnet, daß für eine Niederlassung in Polen einige Patres benötigt werden."

„Ihr wollt doch nicht unser schönes Münster verlassen, um zu den Barbaren zu gehen?"

„Polen ist ein katholisches Land, Freigraf. Und was ich will oder nicht will, spielt keine Rolle. Ich habe Gehorsam gelobt. Wenn die Gesellschaft Jesu befiehlt, muß ich folgen."

Ketteler schüttelte den Kopf. „Das werde ich zu verhindern wissen."

Der Tulpenhändler wurde von zwei Polizeidienern bewacht, trug allerdings keine Fesseln. Der Freigraf hatte ausdrücklich angeordnet, daß man ihn höflich behandeln möge.

Als Suasso den Jesuit sah, strahlte sein Gesicht vor Freude. Er trat einige Schritte vor, und ehe Martin seine Verblüffung überwinden konnte, berührten die Lippen des Holländers seine rechte Hand.

„Ein Mann Gottes! Euch schickt der Himmel. Glaubt mir, es ist eine große Genugtuung für mich, auf Euren Beistand hoffen zu dürfen. Ich gehöre selbst der Kirche Roms an und verehre den Papst als Stellvertreter Jesu auf Erden."

„In den calvinistischen Generalstaaten?" wunderte sich Martin, den die Unterwürfigkeit des schwarzgekleideten Händlers peinlich berührte.

„Wir werden von den Calvinisten argwöhnisch betrachtet, das ist wahr. Aber das hat meine Familie nicht vom rechten katholischen Glauben abgebracht."

„Setzt Euch!" befahl der Freigraf und deutete auf einen Stuhl, der hinter einem Holztisch stand. Er selbst nahm mit Pater Martin auf der anderen Seite Platz.

Gerade wollte Ketteler mit einem Räuspern seine erste Frage einleiten, da kam ihm Martin zuvor: „Wie ist Eure Familie nach Amsterdam gekommen?"

„Mein Großvater ist von Portugal aus zuerst nach Antwerpen und dann, einige Jahre später, nach Amsterdam ausgewandert. Wir sind eine Familie von Händlern, wißt Ihr, und die Generalstaaten sind eine große Handelsnation."

„Eure Familie stammt nicht aus Portugal, sondern aus Spanien, habe ich recht? Ihr seid ein Marrane."

Suasso verzog das Gesicht. „Dieses Wort ist eine Beleidigung. Die Heiligen wissen, daß wir Jesus Christus als Herrn angenommen haben."

„Ich wollte Euch nicht beleidigen", versicherte Martin. „Wie ist Euer Name?"

„Antonio Alvares Suasso, Pater."

„Seht, Herr Suasso, der Gründer unseres Ordens, Ignatius von Loyola, hegte keine Vorurteile gegenüber Menschen jüdischer Abstammung. Einer seiner engsten Mitarbeiter, der spätere zweite General der Gesellschaft Jesu, Laínez, hatte jüdisches Blut in seinen Adern. Er war ein Marrane."

Verblüfft blickte Ketteler von einem zum anderen. „Könnt Ihr mir sagen, was das zu bedeuten hat? Seid Ihr Jude, Herr Suasso?"

„Ich bin Katholik", protestierte der Tulpenhändler.

Pater Martin lächelte. „Wißt Ihr, was im Jahr 1492 geschehen ist, Freigraf?"

Ketteler runzelte die Stirn. „Christoph Columbus hat Amerika entdeckt?"

„Ja. Ab dem 3. August 1492, dem Tag, als Christoph Columbus in See stach, durften sich keine Juden mehr in Spanien aufhalten. So lautete ein Dekret der spanischen Könige Isabella von Kastilien und Ferdinand von Aragon. Wer das Land nicht verlassen wollte, mußte den katholischen Glauben annehmen. Viele Juden ließen sich taufen, ohne innere Überzeugung. Es war ein offenes Geheimnis, daß die meisten der Neuchristen, die man in Spanien Marranen nannte, heimlich die Regeln ihrer alten Religion befolgten, den Sabbat achteten, kein Schweinefleisch aßen und sich untereinander vermählten. Die Inquisition, leider keine sehr rühmliche Institution unserer Kirche, machte es sich zur Aufgabe, diese Scheinchristen zu verfolgen. So wurden, nach und nach, auch die Marranen aus Spanien vertrieben. Sie gingen nach Portugal, von dort aus in die spanischen Niederlande oder nach Amsterdam, wo ihnen die calvinistische Regierung gestattete, ihren jüdischen Glauben wieder anzunehmen." „Nicht alle haben das getan. Viele blieben dem katholischen Bekenntnis treu, so wie meine Familie", warf Suasso ein.

„Das wollte ich nicht in Abrede stellen", fuhr Martin fort. „Manche sagen sogar, daß auch Christoph Columbus ein Marrane gewesen sei. Sein Geldgeber, Luis de Santangel, war ein reicher Neuchrist. Zweites, unausgesprochenes Ziel der Expedition von Columbus könnte es gewesen sein, ein neues Land für die Juden zu finden. Zumal einige Rabbiner in den weiten Gebieten Asiens die zehn verlorenen Stämme Israels vermuteten."

„Aha", sagte Ketteler, der langsam den Überblick verlor. „Das ist ja ungeheuer lehrreich. Nur sollten wir vielleicht jetzt auf so etwas Naheliegendes und Banales wie Tulpenzwiebeln zu sprechen kommen."

„Ihr denkt wie immer praktischer als ich", räumte Martin ein. „Entschuldigt meinen historischen Exkurs!"

„Nun", wandte sich der Freigraf an den Tulpenhändler, „erkennt Ihr diese Zwiebel?"

Suasso musterte kurz die Knolle, die Ketteler aus den Tiefen seines Gewandes hervorgezaubert hatte, und sagte: „Eine Generalissimo von Gomez da Costa. Ich habe einige davon in meinem Koffer."

„Ist das eine von Euren?"

Der Holländer betrachtete die Zwiebel genauer. „Jede Zwiebel hat ihre eigene Form. Nein, ich bin sehr sicher, daß es keine von denen ist, die ich in Münster verkauft habe."

„Wieviele Generalissimos habt Ihr in Münster verkauft?"

„Zwei. Sie kosten hundertzwanzig Gulden das Stück. Da will ein Kauf gut überlegt sein."

„Und an wen?"

„An zwei Frauen. Überhaupt sind es fast ausschließlich Frauen, die zu mir kommen. Den Männern in Münster scheint die Schönheit der Tulpen unbekannt zu sein. Oder sie halten Blumen für weibisch. Das ist in Holland ganz anders."

Ketteler warf Martin einen vielsagenden Blick zu. „Könnt Ihr mir Namen nennen?"

„Nein. Ich pflege meine Kunden nicht nach ihrem Namen zu fragen. Das müßt Ihr verstehen."

„Hmmm", brummte der Freigraf. „Wir haben diese Zwiebel neben der Leiche eines Mannes gefunden, eines schwedischen Offiziers, genauer gesagt. Habt Ihr eine Idee, wie sie dorthin gekommen ist?"

Suasso erbleichte. „Ihr glaubt doch nicht ... Ist das der Grund, warum Ihr mich verhaftet habt?"

„Ihr seid nicht verhaftet", erklärte Ketteler. „Bislang handelt es sich um eine Zeugenbefragung. Denkt noch einmal nach, Herr Suasso! Ihr seid vermutlich der einzige Tulpenhändler weit und breit, der mit dieser Art von Zwiebeln handelt. Es muß eine Verbindung zwischen Euch und dem schwedischen Obristleutnant oder seinem Mörder geben."

„Laßt mich die Zwiebel noch einmal sehen!" bat der Holländer. Seine Hände zitterten, als er sie erneut studierte. „Ja. Es könnte ..."

„Was?" fragte der Freigraf scharf.

„Auf dem Weg nach Münster habe ich in Billerbeck Station gemacht. Während ich im Gasthaus aß, ließ ich den Koffer in meinem Zimmer. Und als ich zurückkam, mußte ich feststellen, daß jemand den Koffer aufgebrochen hatte. Zuerst sah es so aus, als sei überhaupt nichts gestohlen worden. Doch beim Durchzählen stellte ich fest, daß eine Generalissimo fehlte."

„Diese da?" Ketteler zeigte auf die Zwiebel, die Suasso in der Hand hielt.

„Ja. Jetzt bin ich fast sicher, daß es sich um die fehlende handelt."

„In Billerbeck, soso", knurrte der Freigraf enttäuscht. „Das hilft mir nicht viel weiter."

„Aber es ist die Wahrheit", beschwor ihn der Tulpenhändler in flehendem Ton. „Was wird nun mit mir geschehen?"

„Nichts", sagte Ketteler kühl. „Ihr könnt gehen. Natürlich muß ich den Richtherren anzeigen, daß Ihr ein illegales Gewerbe ausgeübt habt. Ich schätze, das wird Euch eine Geldstrafe kosten. Ach ja, zudem verlange ich, daß Ihr vorläufig in Münster bleibt. Möglicherweise habe ich noch ein paar Fragen an Euch."

„Was haltet Ihr davon?" fragte der Freigraf, als sie wieder auf dem Prinzipalmarkt standen.

„Die Nachricht vom Tod des Schweden schien ihn zu überraschen", sagte der Jesuit nachdenklich. „Er müßte ein außergewöhnlich guter Schauspieler sein, wenn er den Mord begangen hätte."

„Und Mörder sind für gewöhnlich dumm und unbegabt", stimmte Ketteler zu. „Außerdem, warum sollte er eine Zwiebel neben die Leiche legen, die uns auf seine Spur führt?"

„Trotzdem glaube ich, daß er uns etwas verbirgt. Ein Charakterzug, den man den Marranen nachsagt. Sie haben so lange im Verborgenen gelebt, daß ihnen das Heimlichtun in Fleisch und Blut übergegangen ist."

„Ihr mit Euren Marranen", brummte Ketteler. „Wenn er den Mörder deckt, bringt er sich selbst in Gefahr."

„Es wäre nicht verkehrt, den Vorfall in Billerbeck zu überprüfen", beharrte der Pater.

„Billerbeck." Der Freigraf sandte einen verzweifelten Blick zum graubewölkten Himmel. „Das ist eine halbe Tagesreise entfernt." Erst vor kurzem hatte jemand den Ort in seiner Gegenwart erwähnt. Aber wer und wo das war, wollte ihm partout nicht einfallen. „Nun", er schlug sich auf den kugelförmigen Wanst, „jetzt seid Ihr erst einmal an der Reihe."

Martin lachte erstaunt. „Ich? Wieso ich?"

„Ich muß verhindern, daß Ihr nach Polen geschickt werdet."

„Und wie wollt Ihr das anstellen?"

„Ich möchte mit der Mutter, ich meine, der Pflegemutter des toten Jungen reden. Wie heißt sie noch gleich?"

„Gertrud Lenfers. Aber das habe ich doch schon längst getan."

Ein dicker Zeigefinger pochte auf die Brust des schmächtigen Paters. „Vier Augen sehen mehr als zwei, und vier Ohren ...

„Eure alte Rede", stöhnte Martin. „In diesem Fall allerdings ..."

„Keine Widerrede!" drohte Ketteler scherzhaft. „Führt mich zu Gertrud Lenfers!"

Am Anfang der Kuhstraße blieb der Freigraf stehen, bat den Jesuit, ein paar Augenblicke auf der Straße zu warten, und verschwand im dämmrigen Inneren einer Schänke. Martin, der den unbändigen Durst seines Freundes nur zu gut kannte, fügte sich murrend in sein Schicksal. Was machte er hier bloß? Anstatt seinen Pflichten im Paulinum nachzugehen, stand er untätig herum, darauf hoffend, daß sich der Freigraf mit einem Becher Wein begnügte. Wenn der Rektor davon erfahren würde, wäre ihm nicht einmal die Stelle in Polen gewiß. Doch zum Glück verschlug es niemanden aus dem Paulinum in diese Gegend.

Martin blickte sich um. Die Dämmerung war früh hereingebrochen, und in einigen dunklen Ecken lungerten Gestalten, die nur darauf zu warten schienen, daß sie ihrem nächtlichen Treiben nachgehen konnten.

Früher als erwartet kam Ketteler wieder heraus. Die Augen in dem runden Gesicht blitzten, die Laune des Untersuchungsrichters hatte sich merklich gebessert.

„Ich sehe, der Wein hat Euch gemundet", neckte ihn Martin.

„Wein? Was für ein Wein?" lachte der Freigraf. „Ihr denkt doch nicht, daß ich zu meinem Vergnügen in der Schänke war?"

„Welchen Grund solltet Ihr sonst haben?"

„Schänken sind die besten Orte für Klatsch- und Tratschgeschichten aus der Nachbarschaft. Ich habe einige Fragen gestellt und ganz erstaunliche Antworten bekommen. Kommt! Ich will Gertrud Lenfers besuchen."

Sie hatten eine Weile gegen das Türholz gepocht, bis sich im Inneren etwas regte.

„Wer da?" fragte eine Frauenstimme durch die geschlossene Tür.

Der kräftige Baß hätte auch Mauern durchdrungen: „Ich bin Bernd Ketteler, der Freigraf der Stadt Münster."

„Was wollt Ihr von mir?"

„Macht die Tür auf! Oder wollt Ihr, daß ich sie eintrete?"

„Freigraf, nicht!" mahnte Martin.

Ketteler bedeutete dem Pater zu schweigen.

Die Tür öffnete sich einen Spaltbreit. „Ich bin eine arme und alte Frau. Ich habe nichts Böses getan."

„Daß Ihr arm und alt seid, glaube ich wohl. Ob Ihr nichts Böses getan habt, mögen andere beurteilen."

Jetzt erkannte Gertrud Lenfers den Jesuit, der sich schamhaft hinter dem breiten Rücken des Freigrafen versteckte.

„Oh Pater, Ihr seid auch da!"

Martin, dem das rüde Vorgehen Kettelers unangenehm war, deutete eine Verbeugung an.

Inzwischen hatte der Freigraf seine Stiefelspitze in den Türspalt geschoben. „Laßt uns endlich ein! Ich habe keine Lust, auf der zugigen Straße herumzustehen."

Gertrud Lenfers wich zurück, und Ketteler stieß die Tür auf. In der Diele brannte nur eine einzige Funzel, die die Gesichter in fleckiges Licht tauchte.

„Wollt Ihr uns nicht in die Wohnstube bitten?"

„Sagt mir an Ort und Stelle, was Ihr zu sagen habt!" verlangte die Lenfers mit schriller Stimme.

„Oder habt Ihr etwas zu verbergen?" Ketteler deutete zur rechten Seite. „Ist das hier die Wohnstube?"

„Geht bitte nicht hinein! Ich habe nicht sauber gemacht." Die nackte Angst stand in ihren Augen.

„Dreck stört mich nicht. Ich wühle jeden Tag im Dreck."

„Freigraf, ich weiß nicht ...", wollte sich Martin einmischen.

Der Freigraf drückte ihm seine Pranke auf die Schulter. „Habt Geduld, Pater! Den Geduldigen gehört das Himmelreich."

Mit einem energischen Ruck öffnete er den Holzverschlag und trat ein. Abgesehen von dem matten Schimmer einer Kerze, war der Raum dunkel.

„Verdammt, hier stinkt es ja wie die Pest", knurrte Ketteler. „Ich brauche mehr Licht."

Er ging zurück in die Diele und riß die Öllampe aus der Halterung. Gertrud Lenfers hatte sich abgewandt, ihre Lippen bewegten sich lautlos.

„Folgt mir, Pater!"

Widerstrebend, aber auch ein wenig neugierig schloß sich der Pater dem Freigrafen an. Ein beißender Gestank von verbrannten Kräutern legte sich betäubend auf die Sinne.

„Mein Gott", entfuhr es Martin. Ketteler beleuchtete einen Totenkopf, der auf einem schwarzen Tuch lag.

Noch mehr schwarze Tücher wurden sichtbar, zum Teil mit kryptischen Zeichen versehen. Der Freigraf probierte ein Stück von dem Brot, das auf dem Tisch lag. „Salzlos", stellte er fest, „wie es die Zauberer lieben."

Er ging weiter herum und blieb vor dem Kreuz stehen, das umgekehrt an der Wand hing. „Schaut Euch das an!"

„Und Ihr habt es gewußt?"

„Nein, es war nur eine Vermutung. In der Schänke hat man mir erzählt, daß die alte Lenfers in letzter Zeit sonderbar geworden sei. Und da habe ich eins und eins zusammengezählt. Versteht Ihr jetzt, warum sich Henrich Witvogel umgebracht hat? Der Junge glaubte, daß er nicht mehr Priester werden könne, wenn das hier bekannt würde."

Ein Poltern kam von der Tür. Die Lenfers stand im Rahmen, das weiße Gesicht zu einer schrecklichen Maske verzerrt. Mit einer tiefen Stimme, die aus dem Jenseits zu kommen schien, begann sie zu reden: „Und siehe, ein großer, roter Drache, der hatte sieben Häupter und zehn Hörner und auf seinen Häuptern sieben Kronen. Und sein Schwanz zog den dritten Teil der Sterne des Himmels und warf sie auf die Erde. Und der Drache ..."

Martin bekreuzigte sich und murmelte: „Weiche von mir, Satanas!"

„Hört auf mit dem Hokuspokus!" fuhr der Freigraf die alte Frau an. „Der Böse Feind kann mir gestohlen bleiben. Ihr habt Euren Ziehsohn zu Tode erschreckt. *Das* sollte Euch leid tun."

Sie legte den Kopf schief und antwortete lächelnd: „Henrich hätte sich nicht auflehnen sollen. Das mag Beelzebub nicht."

„Und ich mag Beelzebub nicht. Schluß jetzt! Verhaltet Euch still, bis Ihr von mir hört! Habt Ihr das verstanden?"

Ihr entrückter Blick war auf etwas weit Entferntes gerichtet.

„Kommt, Pater!" Ketteler zog Martin aus dem Haus. „Nur raus hier! Dieser Gestank bringt mich um."

Sie gingen ein paar Schritte und atmeten tief durch.

„Was geschieht jetzt mit ihr?" fragte Martin.

„Das soll der Stadtrat entscheiden." Der Freigraf schüttelte den Kopf. „Ich hoffe, es kommt nicht zu einem Hexenprozeß. Den wird die Alte nicht überleben. Aber irgend etwas muß der Rat unternehmen. Wenn die Leute davon Wind bekommen, was die Alte treibt, wird der Pöbel sie lynchen. Erst vor einigen Jahren haben Straßenkinder eine vermeintliche Hexe mit Steinen beworfen und sie im Stadtgraben ertränkt. Immerhin", er schlug einen leichteren Ton an und klopfte dem Jesuit auf die Schulter, „haben wir Euren Fall gelöst, die polnischen Kinder werden auch ohne Euch zurechtkommen. Das heißt, eines bleibt mir noch: Diesen jungen Stutzer, der uns das Märchen vom bösen Mitschüler aufgetischt hat, mache ich mit Vergnügen zur Schnecke. Der soll lernen, was es bedeutet, einen Freigrafen zu belügen."

Sie bogen um eine dunkle Ecke, und wie aus dem Boden geschossen standen plötzlich drei abgerissene Gestalten vor ihnen.

Ketteler schlug seinen Mantel zurück und legte die Hand auf den Griff seines Dolches. „Ich bin Freigraf Ketteler. Wollt Ihr sofort zur Hölle fahren oder noch ein paar Jahre darauf warten?"

Die drei Männer rannten davon.

Zehntes Kapitel

Um jeden Preis möchte ich vermeiden, die Alte wegen bösem Zauber, Hexerei oder Teufelsbuhlschaft anzuklagen. Deutschland, ja, die ganze Welt schaut auf Münster. Gesandte und feinsinnige Geister aus allen Ländern residieren in unseren Mauern. Was hier geschieht, wird bald in den Salons der Hauptstädte für Gesprächsstoff sorgen. Soll man spotten, daß in jenem Münster die finsteren Zeiten noch nicht zu Ende sind, daß Hexen und Zauberer dort ihr Unwesen treiben? Der Kaiser in Wien und unser Fürstbischof in Köln werden dafür kein Verständnis haben."

Bürgermeister Timmerscheidt, ein großer, schlanker Mann, dessen schmales Gesicht von halblangen Haaren umrahmt war, konnte seine Erregung nicht verbergen. Mit schnellen Schritten ging er in der Ratskammer auf und ab, während kraftvolle Armbewegungen seine Worte unterstrichen. „Ich kann mich noch gut an den Fall Anna Holthaus erinnern. Meiner Meinung nach war es ein Fehler, die Frau zu verhaften und anzuklagen. Hätte nicht dieser unselige Knabe Beschuldigungen ausgestoßen, die höchstwahrscheinlich seinem kranken Hirn entsprungen waren, Anna Holthaus wäre nie in den Ruf geraten, eine Hexe zu sein. Schon damals haben wir uns lächerlich gemacht, Freigraf, dieser Gefahr möchte ich mich nicht noch einmal aussetzen, auf keinen Fall, solange der Europäische Friedenskongreß in Münster tagt."

„Der Stadtrat hat seinerzeit entschieden, Anna Holthaus anzuklagen", versetzte Ketteler gelassen. „Ich war der Auffassung, daß die Beweise nicht ausreichen."

„Wollt Ihr mit mir über Anna Holthaus disputieren?" fuhr ihn Timmerscheidt gereizt an.

„Nein, Herr Bürgermeister. Nur liegen im aktuellen Fall die Fakten leider anders. Gertrud Lenfers ist selbst davon überzeugt, einen Pakt mit dem Bösen Feind geschlossen zu haben. Wir können die Dinge nicht laufen lassen. Schon jetzt munkelt man in der Leischaft vom seltsamen Gebaren der Alten. Es ist nur eine Frage der Zeit, bis die flugmährig verbreiteten Geschichten in offene Feindschaft umschlagen."

„Ich weiß, ich weiß", murmelte Timmerscheidt. Neben ihm, Ketteler und Pater Martin nahm auch der zweite Bürgermeister, Plönies, an der kleinen Konferenz in der Ratskammer teil. Doch wie meist überließ Plönies seinem Amtskollegen die Wortführerschaft.

„Können wir die Lenfers nach Kinderhaus schicken?"

Ketteler hob eine Augenbraue. „Zu den Aussätzigen? Ich fürchte, die zerstreuen sich in alle Winde, sobald die Alte vom Bösen Feind faselt oder den Schadenszauber praktiziert."

„Habt Ihr einen besseren Vorschlag?"

Der Freigraf zuckte die Achseln. „Ich bin ratlos, Herr Bürgermeister. Das heißt ..."

„Ja? Heraus mit der Sprache, Freigraf!"

„Wir sollten Doktor Rottendorff hinzuziehen. Der Stadtarzt ist ein gebildeter Mann, der sich auf vielen Gebieten auskennt und weit herumgekommen ist. Vielleicht weiß er einen Ausweg aus dem Dilemma."

„Doktor Rottendorff. Keine schlechte Idee." Timmerscheidt blickte zu Plönies, der mit einem Nicken seine Zustimmung kundgab.

Der Bürgermeister verließ die Ratskammer, um einen Botmeister damit zu beauftragen, den Stadtarzt herbeizuholen. Als er zurückkam, rieb er sich die Hände. „Nun, Freigraf, während wir auf den Doktor warten, könnt Ihr berichten, was Ihr bezüglich des Mordes an Obrist Falk von Wartenberg unternommen habt. Wie ich hörte, habt Ihr heute einen Mann verhaftet."

„Als Zeuge vernommen", korrigierte Ketteler. Er schilderte das Gespräch, das Martin und er mit Antonio Alvares Suasso geführt hatten.

„Ihr hättet ihn nicht laufen lassen sollen", ergriff Bürgermeister Plönies zum ersten Mal das Wort. „Nach dem, was Ihr sagt, kommt mir der Mann äußerst verdächtig vor."

„Ich vermag keinen Grund zu erkennen, warum er von Wartenberg getötet haben sollte."

„Ein Mann von zweifelhafter Herkunft", ereiferte sich Plönies. „Ein Mann, der unlauteren Geschäften nachgeht. Ist das nicht Grund genug?"

„Entschuldigt, daß ich mich einmische", sagte Pater Martin, „aber seine Herkunft ist ganz und gar nicht zweifelhaft."

„Juden ist der Aufenthalt in Münster verboten", polterte Plönies. „Es sei denn, sie verfügen über einen Geleitbrief des Stadtrates."

„Als Priester kann ich das nicht gelten lassen", widersprach Martin. „Suasso ist Katholik wie Ihr und ich."

„Außerdem", bemerkte Ketteler süffisant, „welches Licht würde es auf Münster werfen, nähmen wir einen Mann allein deshalb in Haft, weil seine Vorfahren Juden waren?"

Plönies starrte ihn wütend an.

„Gewiß kein gutes", sagte Bürgermeister Timmerscheidt rasch. „Doch was ist mit den Käufern der Tulpenzwiebeln? Ist das keine Spur, die zu verfolgen sich lohnte?"

„Schon", gab der Freigraf zu. „Allerdings sind die Käufer, genauer gesagt die Käuferinnen, denn es handelt sich fast ausschließlich um münstersche Bürgerinnen, sehr zahlreich."

„Wenn ich Euch recht verstehe, sind nur die beiden von

Interesse, die diese besondere Art von Zwiebeln gekauft haben."

„Die Generalissimo", half ihm Ketteler. „Auch da stimme ich Euch zu. Bedenkt jedoch, daß die Generalissimo so wertvoll ist, daß nur Mitglieder der vornehmsten und vermögendsten Kreise Münsters für ihren Erwerb in Frage kommen."

„Seit wann nehmt Ihr auf so etwas Rücksicht?" meckerte Plönies, der seine Niederlage noch nicht verwunden hatte.

Ketteler strich sich durch den Bart. „Dann müßte ich mit Eurer Frau den Anfang machen, Herr Bürgermeister."

„Mit meiner Frau?" fuhr Plönies auf.

„Ja. Sie hat Tulpenzwiebeln von Suasso gekauft."

Plönies wurde rot. „Davon ... davon weiß ich ja gar nichts."

„Ich denke, der Freigraf wird wissen, was zu tun ist", schaltete sich Timmerscheidt ein. „Seine langjährige Erfahrung hat noch stets zum Erfolg geführt."

Ketteler lächelte kühl. „Euer Vertrauen ehrt mich."

Doktor Rottendorff hatte aufmerksam zugehört und legte seine Stirn in Falten. „Ein schwieriges Problem. Wenn die Frau davon überzeugt ist, eine Hexe zu sein, gibt es keine Medizin, die sie davon abbringt."

„Das haben wir auch nicht erwartet." Bürgermeister Timmerscheidt dehnte seine Worte. „Vorläufig würde uns eine Diagnose von Eurer Seite genügen."

„Eine Diagnose?" fragte Rottendorff verwirrt.

„Eine Erklärung, die uns ermöglicht anzunehmen, daß Gertrud Lenfers nicht vom Bösen Feind verführt worden ist."

„Um es deutlich zu sagen", sprang der Freigraf in die Bresche, „der Stadtrat wünscht keinen Hexenprozeß. In der derzeitigen Situation, bei den vielen ausländischen Gesandten, die in Münster weilen, würde ein solcher Prozeß dem Ansehen der Stadt schaden."

„Hmmm", brummte der Stadtarzt, „ich verstehe. Nun, es gibt ein Frauenleiden, das schon Hippokrates bekannt war. Er nannte es Hysterie, nach dem griechischen Wort für Gebärmutter: *hystéra*. Die antiken Ärzte nahmen an, daß die Gebärmutter im Körper herumwandere, sich einen Tag im Unterleib, am folgenden in der Brust befinde und dadurch die verschiedensten Symptome verursache: ein würgendes Gefühl im Hals, den Verlust der Stimme, Schmerzen in den unterschiedlichsten Körperteilen, Zuckungen und Stiche, Lähmungserscheinungen, Ohnmacht, Taubheit und Blindheit, ja sogar Weinkrämpfe und fleischliche Begierden."

Bürgermeister Timmerscheidt verlor die Geduld: „Hippokrates in Ehren, werter Doktor, aber hilft uns das weiter?"

„Die Vorstellung, daß die Gebärmutter durch den Körper wandert, ist natürlich irrig", fuhr Rottendorff fort. „Anatomen haben das längst bewiesen. Allein, die Symptome gibt es noch heute, und sie betreffen fast ausschließlich Frauen. Mittlerweile ist die Medizin der Überzeugung, daß die Ursache der Krankheit im Nervensystem zu suchen ist."

„Und?" drängte Timmerscheidt.

„Manche meiner Kollegen haben sich angewöhnt, wann immer eine Krankheit ungewöhnlicher Art oder okkulter Herkunft in einem Frauenkörper auftritt, deren Quelle im verborgenen liegt und bei die angezeigte Behandlung unwirksam bleibt, von Hysterie zu sprechen."

„Und Ihr meint ..."

„Daß ich in diesem Fall eine Hysterie attestieren könnte, ohne mein ärztliches Gelübde zu verletzen."

„Würde das nicht eine Einweisung der Gertrud Lenfers in Euer Spital notwendig machen?" hakte der Bürgermeister unerbittlich nach.

Rottendorff stöhnte. „Ihr bürdet mir eine große Last auf, Herr Bürgermeister."

„Die Ihr im Interesse der Stadt sicher auf Euch nehmen werdet."

„Ich muß sie von den anderen Patienten isolieren", dachte der Stadtarzt laut. „Und es geht nur mit Hilfe einiger zuverlässiger und verschwiegener Pfleger."

„Ich sehe, Ihr werdet eine Lösung finden", lobte Timmerscheidt.

Elftes Kapitel

S o, du bleibst also bei deiner Geschichte?" Kettelers
Stimme bekam einen gefährlichen Ton.
Johan von Westerbrinck erwiderte: „Ich habe keinen
Grund, meine Aussage zu ändern, Herr Freigraf."

Breitbeinig watschelte Ketteler auf den jungen Adeligen
zu. So dicht rückte er ihm auf den Leib, daß sein großer
Kopf nur noch eine Handbreit von der Nase des Jünglings
entfernt war. Doch Johan von Westerbrinck wich keinen Zoll
zurück.

„Ich will dir was sagen, du kleiner Stutzer: Deine Hoffart
kotzt mich an. Du hast uns belogen, deinen Lehrer, Pater
Martin, und mich, den Freigrafen der Stadt Münster. Mutwil-
lig hast du einen Mitschüler beschuldigt, und um ein Haar
wäre es dir gelungen, ihn ins Unglück zu reißen."

„Ich glaube, Ihr wißt nicht, wer mein Vater ist", sagte von
Westerbrinck patzig.

„Dein Vater könnte der Bischof von Münster sein ..."

„Freigraf!" rief Pater Martin entsetzt.

„Na schön, sagen wir: der Fürst von Bentheim", korrigierte sich Ketteler. „Es ist mir völlig gleichgültig, wie reich und
mächtig deine Sippe ist. In Münster bestimmt der Stadtrat,
was Recht und Gesetz ist. Und ich, der Untersuchungsrichter
und oberste Polizist der Stadt, werde dafür sorgen, daß du
nicht ungeschoren davonkommst."

„Ihr irrt Euch schon wieder", parierte von Westerbrinck,
allerdings ein wenig unsicherer geworden. „Das Paulinum
steht auf der Domimmunität. Hier hat die Stadt keine Rechte.

Es ist allein Sache des Domkapitels und des Bischofs, Strafen zu verhängen."

Ketteler winkte ab. „Da scheiße ich drauf. Es wäre nicht das erste Mal, daß wir den Domplatz absperren und die Auslieferung eines Missetäters verlangen. Vor einigen Jahren haben wir die Herausgabe eines veritablen Generalwachtmeisters gefordert. Glaubst du, das Domkapitel wird wegen eines verlogenen, mißratenen Schülers einen Kraftakt mit dem Stadtrat wagen? Ich verspreche dir, du wirst solange im städtischen Gefängnis schmoren, bis du ein umfassendes Geständnis ablegst."

„Nimm doch Vernunft an, Johan!" schaltete sich Pater Martin ein. „Es hat keinen Sinn, weiter zu lügen. Wir wissen jetzt, warum sich Henrich Witvogel selbst entleibt hat. Wenn du deine Schuld zugibst, kann ich dem Rektor guten Gewissens raten, Gnade vor Recht ergehen zu lassen."

Johan von Westerbrinck leckte sich über die Lippen, seine Augen flogen zwischen dem Freigrafen und Pater Martin hin und her. „Das ist eine Falle. Nichts wißt Ihr."

Ketteler lachte heiser. „Mach dir nichts vor, mein Sohn! Henrich Witvogels Ziehmutter vollzieht in ihrem Haus okkultistische Rituale, sie ist davon überzeugt, einen Pakt mit dem Bösen Feind geschlossen zu haben. Und Henrich glaubte, daß sein Lebensziel, Priester zu werden, daran scheitern würde. Vermutlich dachte er, daß er das Paulinum verlassen müsse. Aber, und jetzt kommst du ins Spiel, du mieser, kleiner Bastard, auf irgendeine verdrehte Weise mußt du davon Kenntnis erlangt haben. Du hast etwas gewußt, sonst hättest du dich nicht so selbstgefällig hinstellen und Joachim Mestrup beschuldigen können."

Das linke Augenlid des Jünglings begann zu flattern. „Ihr spracht von Gnade, Pater. Heißt das, daß ich auf dem Paulinum bleiben kann?"

Martin schüttelte den Kopf. „Nein, das wird nicht möglich sein. Aber du bekommst, die Einwilligung des Rektors vorausgesetzt, ein Zeugnis, mit dem du dich bei einem anderen Gymnasium bewerben kannst."

Von Westerbrinck stieß ein irres Lachen aus. „Und das soll Gnade sein? Ich werde von der Schule gejagt wie ein räudiger Hund?"

Der Freigraf packte das weiße Seidenhemd und riß den Burschen hoch, als wäre er ein leeres Kleiderbündel. „Das ist das Beste, was du kriegen kannst, du elendes Stück Mist. Nimm das, oder du findest dich in einem stinkenden Rattenloch wieder."

Der Junge taumelte einige Schritte zurück. „Ja, es ist wahr, ich wußte von der Geschichte. Am Nachmittag vor der Nacht, in der Henrich ... Ihr wißt schon, kam ich zufällig in den Schlafsaal. Henrich saß auf seinem Bett und weinte. Ich bin zu ihm gegangen, mehr aus Neugierde, denn ich mochte ihn genauso wenig wie alle anderen. Und kaum stand ich bei ihm, begann er, mir sein Herz auszuschütten. Er erzählte, daß er am Abend zuvor bei seiner Ziehmutter gewesen und wie schrecklich es ihm dort ergangen sei. Vom Bösen Feind, vom Hexentanz und anderen Schauerlichkeiten habe sie ihm vorgeschwafelt. Und jetzt wisse er weder ein noch aus. Sie sei schließlich die Frau, die ihn aufgezogen habe, deshalb könne er sie nicht der Obrigkeit melden. Aber wenn er es nicht täte, würde man ihn sicherlich von der Schule weisen."

„Und was hast du dazu gesagt?" fragte Martin.

Von Westerbrinck zuckte mit den Schultern. „Was sollte ich dazu sagen? Er hat sich seine Ziehmutter nicht ausgesucht. Doch mit so einer Frau geschlagen zu sein, paßte irgendwie zu Henrich."

„Warum hast du ihn nicht getröstet oder ihm Mut zugesprochen?"

„Ihr seid der Seelsorger, nicht ich. Was kann ich dafür, daß er sich nicht an Euch wendet?"

Die Worte trafen Martin wie ein Stich ins Herz. Er selbst hatte sich die Frage oft genug gestellt. Gleichzeitig spürte er eine unheilige Wut in sich aufsteigen. Warum war das Schicksal so gemein zu Henrich gewesen? Warum hatte er sich von allen Mitschülern ausgerechnet dem geöffnet, der am wenigsten Mitgefühl besaß?

„Und dann?" fragte er mit heiserer Stimme.

„Nichts weiter. Am Abend bin ich wie gewöhnlich zu Bett gegangen. Plötzlich, mitten in der Nacht, wurde ich von Henrich geweckt. Er schob mir ein Blatt Papier zu und sagte, ich solle es für ihn aufbewahren."

„Sein Abschiedsbrief?"

Der Jüngling nickte.

„Wieso hast du ihn mir nicht gezeigt, als ich euch fragte?"

Ein trotziges Schweigen war die Antwort.

„Ich weiß eine bessere Frage", sagte Ketteler. „Wieso hast du Joachim Mestrup beschuldigt?"

Erneutes Schweigen.

Der Jesuit stand jetzt neben dem Freigrafen. „Ist es, weil Joachim so beliebt ist? Weil die anderen Schüler zu ihm aufsehen?"

„Das kann ich verschmerzen", kam es leise aus dem Geständigen. „Nach der letzten Theateraufführung haben wir ein Mädchen kennengelernt. Sie heißt Anna. Joachim und ich haben mit ihr geplaudert und gescherzt. Anschließend habe ich sie gefragt, ob sie sich mit mir treffen will. Sie hat abgelehnt. Dann habe ich erfahren, daß sie mit Joachim zum Tanz gegangen ist."

Der Freigraf wurde bleich, seine Hände ballten sich zu Fäusten.

Martin erfaßte den Arm seines Freundes und drückte ihn

kurz. „Es ist gut." Und zu dem Jungen: „Hast du den Brief noch?"

Johan von Westerbrinck nickte.

„Gehen wir also hinauf und holen ihn. Freigraf, es ist besser, Ihr wartet hier."

Als Pater Martin zurückkam, sah er traurig aus. „Warum nur?" fragte er mehr sich selbst als den Freigrafen, der ihn am Fuß der Treppe erwartete. „Warum läßt Gott zu, daß ein junges Leben so sinnlos beendet wird?"

„Ihr steht dem himmlischen Ratschluß näher als ich. Wenn Ihr keine Antwort wißt, dann weiß sie niemand." Ketteler legte seinen Arm um die Schultern des Gottesmannes. „Der unverhoffte Tod ist mein Geschäft. Und fast nie hat ihn jemand verdient. Meine Devise, um nicht der Schwermut zu verfallen, lautet: Wenden wir uns den Lebenden zu und überlassen die Toten den Toten."

Martin schluckte. „Wenn das so einfach wäre. Die ganze Zeit frage ich mich, ob ich den Selbstmord hätte verhindern können. Warum hat Henrich mit Johan von Westerbrinck geredet und nicht mit mir?"

„Weil der junge Schnösel gerade in der Nähe war. Es hätte auch jeder andere sein können."

„Eben. Jeder andere. Aber ich war sein Lehrer, Freigraf, mir war seine Seele anvertraut. Er hat mein kaltes Herz gespürt. Das ist eine Schuld, die mich mein ganzes Leben begleiten wird."

„Ihr habt hoffentlich nicht vor, solche Gedanken dem Rektor zu offenbaren", sagte Ketteler erschrocken. „Sonst schickt er Euch doch noch nach Polen."

Der Jesuit lächelte halbherzig. „Nein, das werde ich nicht. Ich möchte noch eine Weile in Münster bleiben."

Am Abend stieg Ketteler in die Upkammer hinauf. Anna lag auf ihrem Bett und las ein Buch. Vorsichtig setzte sich der Freigraf auf die Bettkante.

„Was liest du da?"

„Einen Roman." Sie schmollte noch immer.

„Keine Gedichte mehr?"

„Manchmal lese ich Gedichte, manchmal Romane." Sie ließ das Buch sinken. „Er heißt Adriatische Rosemund, ein deutscher Dichter namens Ritterhold von Blauen hat ihn geschrieben."

Ketteler schmunzelte. „Das klingt sehr erbaulich."

„Er *ist* erbaulich."

„Anna", hob ihr Vater an, „Ich muß mich bei dir entschuldigen."

„So?" Ihre Stimme wurde versöhnlicher.

„Ja. Ich habe dir und Joachim Mestrup unrecht getan."

„Joachim ist also unschuldig?"

„Ein Mitschüler hat ihn aus selbstsüchtigen Gründen denunziert. Aber Pater Martin und ich sind ihm auf die Schliche gekommen."

„Wer war es? Kenne ich ihn?"

„Johan von Westerbrinck."

„Ach, der!" Sie verzog abfällig das Gesicht.

„Er wird dir nicht mehr unter die Augen treten. Seine Zeit in Münster ist abgelaufen."

„Kein Schaden für Münster, möchte ich meinen." Sie richtete sich auf und streichelte die tellergroße Hand des Freigrafen. „Und ich dachte, du bist nur böse auf mich, weil ich mich mit Joachim getroffen habe."

„Nun", er kraulte verlegen seinen Bart, „jeder Vater ist eifersüchtig, wenn seine Tochter einem jungen, hübschen Burschen schöne Augen macht. Man muß sich eingestehen, daß man alt und gebrechlich wird."

Anna lächelte. „Du bist noch immer eine stattliche Erscheinung."

„Sag das deiner Mutter!" seufzte Ketteler. „Da fällt mir ein: Ich muß noch etwas erledigen." Er zeigte nach oben. „Die Gesandten, die ihre Miete nicht bezahlen. Entweder ich mache ihnen die Hölle heiß, oder deine Mutter versucht es bei mir."

Frohgemut und unternehmungslustig stieg der Freigraf die Treppe hinauf. Die beiden Gesandten bewohnten die Zimmer, die zuvor Anna und ihre Brüder genutzt hatten. Weitaus weniger komfortabel hatte es die Diener der Gesandten getroffen – sie mußten sich mit Bretterverschlägen im Pferdestall begnügen.

Ketteler klopfte an die Tür, und ein Diener öffnete. Götz von Amberdingen und Evert Stockinger saßen auf hohen Stühlen am runden Tisch. Über ihre Beine hatten sie dicke Pelzmäntel gelegt, denn das Zimmer war nicht geheizt.

Von Amberdingen stand auf. „Seid gegrüßt, Herr Freigraf!"

„Grüß Gott!" brummte Stockinger im bayerischen Dialekt.

Die beiden vertraten auf dem Friedenskongreß zwei süddeutsche Reichsstädte. Reichsstädte unterstanden keinem Landesherrn, sondern direkt dem Kaiser. Der Preis für diese Unabhängigkeit waren nicht unerhebliche Steuern, die der kaiserliche Hof in Wien kassierte.

„Setzt Euch doch!" bat von Amberdingen.

Auf dem Tisch standen ein Krug Wein und zwei Becher.

„Bringt's dem Freigrafen einen Becher!" befahl Stockinger dem Diener.

„Wie stehen die Friedensverhandlungen?" erkundigte sich Ketteler höflich.

„Sie stocken", antwortete von Amberdingen. „Der Kaiser setzt auf das Schwert, sein Generalissimus Melander bereitet

99

einen neuen Feldzug vor. Die Gelegenheit scheint günstig, die Franzosen sind durch den Abfall der Weimaraner geschwächt, und der schwedische Feldherr Wrangel macht einen kriegsmüden Eindruck."

„Also bleibt Ihr Münster noch ein Weilchen erhalten?"

„Den münsterschen Winter werden wir wohl noch erleben."

Der Diener füllte den neuen Becher, und Ketteler nahm einen tiefen Schluck. Dann schaute er sich im Zimmer um. „Nun, es wird nicht einfach für Euch sein, eine neue Bleibe zu finden."

„Aber wieso?" fragte von Amberdingen entsetzt.

„Eine große Gesandtschaft hat bei mir angefragt. Sie sucht Unterkunft für einen Edelmann."

„Was für ein Schmarrn", fluchte Stockinger. „Wir bleiben hier."

„Die Gesandtschaft ist vermögend, sie zahlt die Miete im voraus. Auf Eure warten wir dagegen seit zehn Wochen."

„Unsere Städte sind durch den Krieg ausgeblutet", jammerte von Amberdingen. „Wir haben selber kaum noch Taler."

„Und ich muß an meine Familie denken", versetzte Ketteler scharf.

„Ein Bote mit Geld ist unterwegs", flehte der Gesandte. „Wir erwarten ihn jeden Tag. Wenn wir Reserven hätten, würden wir Euch ein Pfand stellen."

„So ein Pelzmantel ist einiges wert", sagte der Freigraf.

„Aber ...", von Amberdingen zog den Mantel ein Stück höher, „... es ist kalt."

„Ich verkaufe ihn ja nicht sofort." Ketteler lächelte grimmig. „Ich bewahre ihn sieben Tage auf. Wenn Ihr bis dahin nicht bezahlt habt ..." Er machte eine eindeutige Handbewegung.

Zwölftes Kapitel

Irgendwo in der Nähe wurde gelacht, der Klang von Musikinstrumenten lag in der Luft. Eine der größeren Gesandtschaften gab einen feierlichen Empfang. Das war nicht ungewöhnlich. Fast jeden Tag trafen sich die Diplomaten in einer anderen Residenz, wobei sich die Gastgeber an prunkvollem Aufwand und köstlichen Speisen zu übertreffen suchten. Wer es sich leisten konnte, nicht zu sparen, dessen Staat war groß und mächtig.

Antonio Alvares Suasso war nirgendwo eingeladen. Mit einem wie ihm traf sich kein feiner Herr. Nicht einmal die niederländische Gesandtschaft wußte von seiner Existenz.

Suasso schritt durch eine einsame Gasse hinter der Lambertikirche. Ihn fröstelte, und er zog den schwarzen Mantel enger um die Schultern. Unentwegt schaute er sich um. Der Kongreß hatte viel Gesindel und rohes Volk angelockt. Schausteller, Bettler, Huren, Diebe und Räuber lungerten auf den Straßen und Plätzen der Domstadt herum. Ein Tulpenhändler wie er, den niemand beschützte oder vermißte, wäre ein gefundenes Fressen. Und es wäre auch nicht das erste Mal, daß jemand versuchte, ihn zu berauben. Für alle Fälle hatte Suasso zwei Geldbeutel dabei. Einen in der Tasche, der nur wenige Taler und Gulden enthielt. Den würde er bei einem Überfall freiwillig herausrücken. Der größere Teil seines Reichtums steckte in einem Gürtel, den er verborgen unter dem Wams trug. Den durfte er unter keinen Umständen verlieren.

Nur noch wenige Tage, sagte sich Suasso, dann würde er

Münster verlassen und nach Amsterdam zurückkehren. Fast alle Tulpenzwiebeln waren verkauft. Er hatte mehr Geld eingenommen, als er vor Beginn seiner Reise erwarten durfte. Und vielleicht hatte er die Zwiebeln noch zu billig verkauft. Aus Amsterdam kamen Gerüchte, daß die Preise weiter emporschnellten, der Wert der Tulpenzwiebeln stieg wie verrückt. Kein vernünftiger Mensch konnte annehmen, daß das ewig so weiterging. Irgendwann in naher Zukunft würde der Markt wie eine Seifenblase zerplatzen.

Aber Suasso war nicht auf Tulpenzwiebeln angewiesen. Er konnte ebenso gut mit seltenen Gewürzen oder anderen Dingen handeln. Das, was er in Münster verdient hatte, würde reichen, um seine Familie ein halbes Jahr oder länger zu ernähren.

Er dachte an seine Familie, seine Frau, seine beiden Mädchen und den Jungen. Sie wohnten in einem Haus im Amsterdamer Viertel Vloonburg an der Amstel. Viele portugiesische und spanische Flüchtlinge lebten dort. Schon bald nach ihrer Ankunft hatten Rabbiner begonnen, das mosaische Gesetz zu verkünden und die Neuchristen für das Judentum zurückzugewinnen. Doch Suassos Eltern waren katholisch geblieben, und auch er selbst spürte keine Versuchung, zu seinen jüdischen Wurzeln zurückzukehren. Aber Jacob, sein Sohn, der mit seinen neunzehn Jahren bereits ein Mann war, begehrte gegen die Tradition auf. Neuerdings ging er in die Synagoge Talmud Tora, nahm am Bibel- und Talmudunterricht teil.

Der Zwist und die Entfremdung, die sich in sein Verhältnis zu Jacob eingeschlichen hatten, bereiteten dem Tulpenhändler Kummer. Während er seinen sorgenvollen Gedanken nachhing, war er ein paar Augenblicke unaufmerksam. Als plötzlich ein Schatten vor ihm auftauchte, schrak er zusammen.

„Ach, Ihr seid es", sagte Suasso erleichtert. „Ich dachte, ein Räuber würde mir auflauern."

Der Andere lachte. „Ein Räuber - ich? Nein, ich pflege stets für das, was ich haben will, zu zahlen."

„Sicher, ein Mann von Eurem Vermögen", stimmte Suasso zu. Dann wurde er wieder mißtrauisch. „Ich hätte Euch nicht in dieser Gegend erwartet."

„Oh, ich bin des öfteren hier. Und im Moment mache ich das Gleiche wie Ihr – ich vertrete mir die Beine."

„Zu meiner Lust wandle ich nicht zu so später Stunde", sagte Suasso grimmig. „Ich war im Stadtpalais eines Adeligen und habe der Dame des Hauses zwei Tulpenzwiebeln verkauft. Die Polizei dieser freundlichen Stadt hat mich verhaftet und mir untersagt, meine Zwiebeln auf offener Straße feilzubieten. Aber niemand kann mir verwehren, Menschen zu besuchen, die sich für meine Tulpen interessieren."

„Gewiß nicht", bestätigte der Andere. „Ich hörte von Eurer Festnahme, und davon, daß Euch der Freigraf Ketteler vernommen hat."

„Ja, er wollte wissen ..." Der Holländer stockte.

„Was?" fragte der Andere lauernd.

„Nun, er hat mir erzählt, daß neben der Leiche eines schwedischen Offiziers eine Tulpenzwiebel gefunden wurde."

„Eine ganz besondere Zwiebel, nicht wahr?"

„Ja, eine Generalissimo."

„Und was habt Ihr Ketteler geantwortet?"

Die Frage klang beiläufig, aber Suasso sah das Blitzen in den Augen des Anderen. Er fühlte sich unbehaglich. „Nichts, ich meine, nichts, was Euch betrifft. Ich sagte, daß ich zwei Generalissimos in Münster verkauft habe, was der Wahrheit entspricht. An zwei Damen, was ebenfalls der Wahrheit entspricht."

„Ketteler hat sich damit zufrieden gegeben?"

„Nicht ganz. Ich bin der einzige Tulpenhändler weit und breit, wie Ihr wißt. Also mußte ich ihm eine Erklärung für die Zwiebel neben der Leiche liefern."

„Aha", sagte der Andere.

„Ich sagte, daß mir eine Generalissimo gestohlen worden sei, allerdings schon vor etlichen Tagen und außerhalb von Münster."

„Das war sehr klug von Euch." Der Andere wandte sich halb ab. „Ketteler ist ein harter Hund. Er könnte auf den Gedanken kommen, Euch noch einmal zu verhören."

„Niemals werde ich Euren Namen nennen." Im selben Augenblick wußte Suasso, daß er einen großen Fehler begangen hatte.

„Ihr kennt meinen Namen?" fragte der Andere überrascht.

Der Tulpenhändler fühlte, wie Panik in ihm aufstieg. „Ich habe ihn rein zufällig erfahren. Aber ich verspreche ..."

„Und wenn Ketteler Euch foltert?"

„Auch dann nicht. Meine Händlerehre verbietet es mir."

Der Andere lachte böse. „Ein Jude mit Ehre!"

„Ich bin kein Jude. Ich ..."

„So? Seid Ihr nicht? Ich will Euch sagen, woran Ihr denkt: Ihr überlegt, wie Ihr Euer Wissen nutzen könnt. Ihr wollt mich erpressen."

„So etwas liegt mir fern."

Suasso sah das Messer in der Hand des Anderen. Sein Sohn hatte recht: Sie waren immer Juden geblieben. Die ganze Welt haßte und verfolgte sie als Juden. Und jetzt würde er hier, in einer stinkenden und dunklen Gasse von Münster, als Jude sterben.

Dreizehntes Kapitel

Schaut Euch das an, Pater!" sagte Ketteler. „Es ist eine Geheimschrift."

Pater Martin betrat das kleine Gastzimmer der Schänke *Zum Silbernen Mond*, die sich auf der Salzstraße, in unmittelbarer Nähe des Servatiustores befand. „Eins nach dem anderen, Freigraf! Sagt mir doch erst einmal, was geschehen ist! Der Botmeister, den Ihr geschickt habt, wußte nicht mehr zu berichten, als daß Ihr mich hier zu sehen wünscht."

„Ach, Ihr habt es noch gar nicht erfahren?" Ketteler wandte sich dem Jesuiten zu. „Suasso ist ermordet worden."

„Nein!" Martin schüttelte entsetzt den Kopf.

„Von zehn Messerstichen durchbohrt. Er sah aus wie ein Sieb. Ein Schweinehirt hat ihn heute in der Frühe gefunden."

„Dann weiß man also nicht ..."

„Weder, wer es getan hat, noch warum", bestätigte der Freigraf. „Nur, daß es mitten in der Nacht geschehen sein muß. Ich frage mich, warum sich Suasso zu so später Stunde draußen herumgetrieben hat. Einem erfahrenen Händler wie ihm war die Gefahr bekannt."

„Vielleicht ist er weiter seinen Geschäften nachgegangen", sinnierte Martin. „Da er nicht mehr wagte, die Tulpenzwiebeln auf offener Straße zu verkaufen ..."

„... hat er Hausbesuche gemacht oder seine Kunden in einer dunklen Ecke getroffen", ergänzte Ketteler. „Ja, so könnte es gewesen sein."

„Ist er beraubt worden?" fragte der Pater.

„Wir haben einen Gürtel mit einer großen Geldmenge an

seinem Leib entdeckt. Aber das will nicht viel bedeuten", sagte der Freigraf nachdenklich. „Ich kenne etliche Händler, die zwei Geldbeutel bei sich tragen. Einen leichteren, mit dem sie sich von Räubern den freien Abzug erkaufen wollen, und einen zweiten, versteckten, in dem sie ihren eigentlichen Schatz aufbewahren."

„Ein Raubmord ist demnach nicht ausgeschlossen?"

„Nein." Ketteler machte eine kreisförmige Handbewegung. „In dieser Kammer hat Suasso gewohnt. Ich habe sie bereits durchsucht, und dabei sind mir Aufzeichnungen in die Hand gefallen, die der Tulpenhändler in einer Geheimschrift verfaßt hat." Er reichte Martin ein gebundenes Buch, das zur Hälfte mit einer engen Handschrift gefüllt war.

Der Jesuit nahm das Buch, stutzte, dann drehte er es um. „Es ist keine Geheimschrift, Freigraf. Es ist Hebräisch. Suasso hat in hebräischer Schrift geschrieben."

„Ah. Und was bedeutet es?"

Martin studierte eine Seite. „Nun, er verwendet eine Reihe von Abkürzungen. Aber wenn ich es recht verstehe, hat Suasso alle Verkäufe notiert, die Art der Tulpenzwiebel, Gewichtsangaben in *azen*, den Preis sowie den Ort des Handels."

„Schreibt er auch etwas über die Käufer?" fragte Ketteler gespannt.

„Nicht immer. Hier zum Beispiel steht: Frau des Drosten zu Stadtlohn."

Der Freigraf rieb sich die Hände. „Seid so gut und sucht alle Angaben, die Generalissimos betreffen! Ich habe so ein Gefühl, daß das Buch der Schlüssel zur Lösung unseres Falles ist."

Martin ließ die beschriebenen Seiten durch die Finger gleiten. „Das wird eine Weile dauern."

„Laßt Euch ruhig Zeit!" strahlte Ketteler. „Ich warte unten im Schankraum auf Euch."

Der Freigraf saß bei seinem dritten Becher Wein und rauchte einen *puro*, als Pater Martin herunterkam. Mit neutralem Gesichtsausdruck bestellte er einen Krug Dünnbier, dann wedelte er hüstelnd eine dicke Rauchwolke zur Seite.

„Macht es nicht so spannend!" zischte Ketteler wütend. „Ich sehe Euch an, daß Ihr auf etwas Wichtiges gestoßen seid."

Martin lächelte. „Ihr seid ein Hellseher, Freigraf."

„Immer, wenn Ihr so lammfromm guckt, habt Ihr es faustdick hinter den Ohren."

„Verratet das bloß nicht meinem Rektor! Also gut, ich habe tatsächlich etwas gefunden. Suasso hat auf seiner ganzen Reise insgesamt nur drei Generalissimos verkauft, zwei hier in Münster und eine vor zehn Tagen."

„Wo und an wen?" Ketteler beugte sich vor. „Mann Gottes, ich platze gleich vor Neugier."

„An wen hat er leider nicht geschrieben, aber den Ort hat er erwähnt. Es ist eine Abkürzung, die auf deutsch *Bill* lautet."

„Billerbeck", rief der Freigraf so laut, daß sich die übrigen Gäste im Schankraum umdrehten. „Der Hund hat uns belogen, er ist überhaupt nicht bestohlen worden."

„So scheint es", nickte Martin. „Er hat hundert Taler für die Generalissimo-Zwiebel bekommen."

„Verdammt", fluchte Ketteler. „Warum hat er den Käufer gedeckt?"

„Ich könnte mir denken, daß ein Zusammenhang zwischen beiden Morden besteht, daß Obristleutnant Falk von Wartenberg und Antonio Alvares Suasso von der selben Hand getötet wurden."

Der Freigraf schaute ihn begriffsstutzig an. „Was meint Ihr?"

„Einmal angenommen, Suasso hat den Käufer aus Billerbeck hier in Münster wiedergetroffen. Von uns hat er erfahren, daß die Generalissimo neben der Leiche des Obristleuntnants lag. So war es für ihn ein leichtes, eins und eins zusammenzuzählen: Der Käufer aus Billerbeck mußte der Mörder Wartenbergs sein."

„Ich verstehe. Er könnte versucht haben, sein Wissen zu Geld zu machen."

„Richtig", sagte Martin. „Und der Mörder hat den lästigen Mitwisser beseitigt. Auf einen Mord mehr kam es ihm nicht an."

„Hätte, könnte, sollte, würde", brummte Ketteler. „Dieser verfluchte Fall ist ein einziges Fragezeichen. Und die Tulpen bereiten mir Alpträume. Letzte Nacht habe ich geträumt, ich stünde im Garten. Plötzlich brach die Erde auf, und eine Blume in Gestalt eines Totenkopfes sprang heraus."

„Einen besseren Rat habe ich nicht", sagte Pater Martin leise. „Außer, daß eine Reise nach Billerbeck ..."

Der Freigraf stöhnte. „Ihr habt mich überzeugt, wir reiten nach Billerbeck."

„Wir?" fragte Martin überrascht.

„Ja, Ihr begleitet mich. Wer die Suppe einbrockt, muß sie auch auslöffeln."

Der Jesuit gab sich geschlagen.

„Wenn ich nur wüßte, wonach wir suchen", fuhr Ketteler fort. „Die ganze Zeit beschäftigen wir uns mit der Tulpenzwiebel. Dabei ist sie vermutlich nichts anderes als ein Ablenkungsmanöver."

Nun war der Jesuit an der Reihe, verständnislos dreinzublicken.

„Überlegt doch, Pater! Hätte der Mörder die Zwiebel nicht

neben die Leiche gelegt, wäre Suasso für ihn keine Gefahr gewesen. Warum hat er es also getan?" Der Freigraf machte eine Pause und starrte Martin triumphierend an. „Um von sich selbst abzulenken und uns auf die Spur des Marranen zu führen. Wahrscheinlich hat er damit gerechnet, daß wir dem Tulpenhändler den Mord anhängen würden. Als der Plan fehlschlug, hat er Suasso beseitigt. Und damit alle Spuren verwischt."

„Ein beeindruckender Gedanke", murmelte Martin.

„Während ich hier unten saß und auf Euch wartete, ist mir aufgefallen, wie wenig wir über das Opfer wissen. Die Tulpengeschichte hat uns die Sinne vernebelt. Schließlich muß es einen Grund für den Mord an Wartenberg geben. Irgendwo in seiner Vergangenheit."

„Und was schlagt Ihr vor?"

„Ich schlage vor, daß wir den schwedischen Gesandten Rosenhane aufsuchen und ihn nach dem Vorleben des Obristleuntnants befragen."

Andreas Tortelt, der Verlobte von Albertina Rottendorff, öffnete ihnen die Tür. Der Doktor sei im Spital, sagte der junge Mann mit einem freundlichen Lächeln, die beiden Herren müßten mit Albertina und ihm vorlieb nehmen.

Der Freigraf erwiderte, daß sie nicht wegen des Doktors gekommen seien, sondern den schwedischen Gesandten zu sprechen wünschten. Ob der junge Kaufmann – der Name war Ketteler entfallen – wohl die Güte habe, sie bei Rosenhane anzumelden.

Rosenhane war tatsächlich im Haus und empfing den Freigrafen und Pater Martin im Kaminzimmer. Nachdem sie einige Höflichkeiten ausgetauscht hatten, leckte sich Ketteler über die Lippen und äußerte, daß ihm die Luft im Raum sehr trocken vorkäme. Rosenhane verstand den Wink und bat eine

Magd, ihnen einen Krug Wein und einige Becher zu bringen.

Bald darauf sprachen Ketteler und Rosenhane dem guten französischen Wein Rottendorffs zu, nur Pater Martin begnügte sich mit klarem Wasser.

„Das soll sehr ungesund sein", sagte der Freigraf mit einem mißtrauischen Blick auf das Wasser. „Doktor Rottendorff hat mir erzählt, daß Wasser ein Überträger von Seuchen und allen möglichen Krankheiten ist."

„Wenn man es aus Flüssen oder Bächen schöpft", erwiderte Martin grinsend. „Abgekochtes Wasser oder Wasser aus tiefen Brunnen ist unschädlich für Körper und Geist."

„Trotzdem würde ich es nicht über mich bringen, so etwas zu trinken", beharrte Ketteler.

Schließlich beendete Rosenhane den Disput der Freunde, indem er fragte, ob man Neuigkeiten über den Tod des Obristleutnants Falk von Wartenberg in Erfahrung gebracht habe.

„Leider nein", antwortete der Freigraf ernst. „Wir sind der Spur der Tulpenzwiebel gefolgt, und diese hat uns zu einem Tulpenhändler geführt, von dem die fragliche Zwiebel stammen muß. Unglücklicherweise ist auch der Händler in der letzten Nacht auf gewaltsame Weise gestorben. So stehen wir mit leeren Händen da."

„Das ist sehr bedauerlich", sagte der Gesandte betrübt. „Ich habe einen Brief von Graf Oxenstjerna erhalten, in dem er sich in scharfem Ton nach dem Stand der Ermittlungen erkundigt. Ich fürchte diplomatische Verwicklungen, wenn wir ihm keine Erklärung liefern können."

„Deshalb sind wir ja hier", versicherte Ketteler. „Seht, Exzellenz, ich bin mittlerweile zu der Überzeugung gelangt, daß uns die Tulpenzwiebel nur ablenken sollte."

„Ablenken wovon?" fragte Rosenhane verwirrt.

„Vom eigentlichen Grund des Mordes. Es muß eine Verbindung zwischen dem Obristleutnant und seinem Mörder geben, die möglicherweise weit zurückliegt. Deshalb frage ich Euch: Was wißt Ihr über das Vorleben von Wartenbergs?"

Der Schwede dachte nach. „Nicht viel. Falk von Wartenberg diente seit vielen Jahren im schwedischen Heer, er ist vom einfachen Fähnrich zum Obristleutnant aufgestiegen, war mal hier, mal da stationiert, den Feldzügen folgend, die, wie Ihr wißt, Deutschland seit nunmehr fast dreißig Jahren heimsuchen."

„Hat er sich in Münster oder im Münsterland aufgehalten?"

„In Münster sicher nicht, abgesehen von einigen kurzen Besuchen. Aber im Münsterland ..." Rosenhane wurde lebhaft. „Wartet, da fällt mir ein, daß mir von Wartenberg eine Geschichte erzählt hat. Es muß schon etliche Jahre her sein, er war damals Leutnant."

„Ja?" fragte Ketteler gespannt.

„Er hatte die Aufgabe, Marodeure zu jagen, Mordbrenner und -stecher, die Bauern ausplünderten und sich an deren Frauen und Töchter vergingen. Als er genügend Halunken beisammen hatte, veranstaltete von Wartenberg mit ihnen ein makabres Spiel unter dem Galgenbaum. Jeweils zwei Schurken mußten gegeneinander würfeln, der Gewinner wurde begnadigt, der Verlierer aufgeknüpft."

„Was für ein gottloses Vergnügen", sagte Martin angewidert.

Rosenhane lehnte sich zurück. „Von Wartenberg war kein feinfühliger Mensch, da habt Ihr recht. Als er mir die Begebenheit erzählte, amüsierte er sich noch im nachhinein köstlich."

„Andererseits dürfte er sich durch die Würfelei keine Feinde gemacht haben", sinnierte Ketteler. „Die Verlierer bekamen keine Gelegenheit zur Rache, und die Gewinner schätzten sich vermutlich glücklich, die Sache überlebt zu haben."

Der Schwede hob abwehrend die Hände. „Ich fürchte, ich bin Euch keine große Hilfe. Offen gestanden, hatte ich nicht das Bedürfnis, mich mit dem Obristleutnant anzufreunden. Unsere Ansichten gingen in vielen Punkten auseinander."

„Wißt Ihr, wo die Hinrichtungen stattgefunden haben?" fragte Martin.

„Es war ein größeres Dorf, hier in der Nähe. Ich glaube, der Name fing mit B an."

„Billerbeck", sagten der Freigraf und Pater Martin gleichzeitig.

„Richtig." Rosenhane guckte erstaunt. „Ihr habt also doch eine Spur?"

„Spur wäre zuviel gesagt", antwortete Ketteler. „Es gibt einige merkwürdige Übereinstimmungen."

Beim Hinausgehen nahm der Freigraf Andreas Tortelt zur Seite. „Sagt einmal, junger Mann, Ihr kommt doch aus Billerbeck?"

„Ganz recht." Tortelt schaute ihn aufmerksam an.

„Erinnert Ihr Euch, den Obristleutnant von Wartenberg dort gesehen zu haben?"

„Nein", sagte der Kaufmann mit Bestimmtheit. „Ich bin sicher, daß ich ihn niemals zuvor gesehen habe."

Ketteler erwähnte die Hinrichtung der Marodeure.

„Das muß sich abgespielt haben, bevor meine Mutter und ich nach Billerbeck gekommen sind", antwortete Tortelt.

„Eure Mutter?" fragte Ketteler. „Was ist mit Eurem Vater."

„Der ist im Krieg gefallen. Bei der Schlacht von Breitenfeld."

„Das tut mir leid."

„Danke, Herr Freigraf." Der junge Mann lächelte bitter. „So viele sind gefallen, daß die Überlebenden bald keine Tränen mehr haben, um die Toten zu beweinen."

Nachdem er sich mit Pater Martin für den nächsten Tag verabredet hatte, trat der Freigraf den Heimweg an. Zu seiner Überraschung stieß er in der großen Diele seines Hauses auf ein junges Paar, das händchenhaltend vor dem Kamin saß, Anna und Joachim Mestrup.

Mestrup stand auf. „Ich möchte mich bei Euch bedanken, Herr Freigraf. Ihr habt meinen Namen von jeglicher Schuld reingewaschen."

„Nichts für ungut", murmelte Ketteler beschämt. „Ich muß mich bei dir entschuldigen für den allzu harschen Ton, den ich angeschlagen habe."

„Ihr habt nur Eure Pflicht getan", erwiderte der Junge. „Pater Martin hat mir berichtet, wie sehr Ihr euch für die Aufklärung des Falles eingesetzt habt. Und ich weiß ja jetzt auch, wer mich angeschwärzt hat und warum."

„Dieser Widerling Johan von Westerbrinck!" rief Anna empört. „Glaubt, weil er aus adeligem Hause kommt, könne er alles bekommen, was er will."

„Das Kapitel Johan von Westerbrinck ist zum Glück abgeschlossen", der Freigraf warf seiner Tochter einen Blick zu, „was auch *meinem* häuslichen Frieden zugute kommt."

„Wo wir gerade bei den guten Nachrichten sind, Vater", Anna stellte sich neben Joachim, „Joachim und ich haben dir etwas mitzuteilen."

„Ja?" Ketteler blinzelte.

„Wir wollen uns verloben."

„Eure Zustimmung natürlich vorausgesetzt", ergänzte Joachim schnell.

„Aaah!" Ketteler bekam einen Hustenanfall.

„Vater, geht's dir gut?" Anna klopfte ihm auf den Rücken.

„Es geht schon, danke", keuchte der Überraschte. „Solltet ihr nicht lieber noch ein wenig warten? Ihr kennt euch doch kaum."

„Es war so, als hätten wir uns lange gesucht", sagte Joachim pathetisch.

„Und ist die Verlobungszeit nicht auch eine Zeit der Probe", fügte Anna kokett hinzu.

Ketteler stammelte: „Ja ... aber ... vielleicht ... ich meine ..."

„Herr Freigraf, kann ich Euch einen Moment sprechen?" tönte eine Stimme von der Treppe.

„Aber ja." Froh über die Unterbrechung, eilte der schwergewichtige Hausherr zu dem Gesandten Götz von Amberdingen, der an der Tür wartete, und führte ihn in die Küche.

„Nun, ich sehe mich in der glücklichen Lage, die Miete begleichen zu können", sagte von Amberdingen und zog einen Geldbeutel aus der Tasche. „Ich hoffe, Ihr habt meinen Pelzmantel noch nicht verkauft?"

„Keineswegs", versicherte Ketteler. „Das ging aber schnell. Ist der Bote endlich eingetroffen?"

„Das nicht." Von Amberdingen druckste: „Herr Stockinger und ich haben ... äh ... wir haben die nötigen Barmittel aufgetrieben."

Er zählte die Taler auf den Küchentisch.

Der Freigraf strich die Geldmünzen ein. „Es geht mich ja nichts an, Herr von Amberdingen. Man hört so einiges darüber, daß Gesandte ihre Stimmen in wichtigen Angelegenheiten verkaufen, besonders diejenigen, die von ihren Regierungen knapp gehalten werden."

Von Amberdingen wurde rot. „Macht Euch darüber keine Sorgen, Herr Freigraf!"

Ketteler grinste. „Das hatte ich auch nicht vor." Er rieb sich über den Wanst. „Der Bauch geht vor, nicht wahr?"

Vierzehntes Kapitel

Die Baumberge", sagte Ketteler und wies nach Westen, wo sich eine grüne Hügelkette vor den Horizont schob. „Ein beliebtes Versteck für allerlei Gauner und Banditen. Schon manch braver Mann hat auf einem der Hohlwege sein Leben ausgehaucht. Vor allem des Nachts sollte man das Gebiet meiden."

„Vielen Dank für die Warnung, Freigraf", gab Pater Martin gepreßt zurück. „Aber ich pflege keine Vergnügungsritte zu unternehmen, und schon gar nicht nachts."

Zeit seines Lebens hatte sich der Jesuit nicht mit dem Reiten angefreundet, und auch jetzt saß er verkrampft im Sattel, in ständiger Furcht, der Gaul könne mit ihm durchgehen.

Ketteler lachte. „Ihr solltet Euch sehen, Pater, wie Ihr da auf meiner Rosi hängt! Ein Bild für die Götter."

„Lacht Ihr nur!" stieß Martin hervor. „Und überhaupt! Welche Götter meint Ihr? Der eine und einzige Gott, der die Welt erschuf und seinen Sohn zu uns sandte, hat mit keiner Silbe erwähnt, daß wir uns auf den Rücken von Pferden setzen sollen."

Sie ritten über die Landstraße, die von Münster nach Roxel und weiter nach Havixbeck und Billerbeck führte. Gelegentlich trafen sie auf Bauern und Händler, auch die eine oder andere Kutsche kam den beiden Männern entgegen. Ansonsten war es ruhig und friedlich, selbst das Wetter an diesem späten Herbsttag zeigte sich von seiner besten Seite.

Hinter Havixbeck, in der Nähe der Bauernschaft Poppenbeck, passierten sie ein großes Gedenkkreuz aus Baumberger

Sandstein. Die Inschrift lautete: „Im Jahre 1487 auf Antoni Dach ist allhier Gehens Dodes Verstorben Swer von Beveren."

Der Freigraf erklärte, daß an dieser Stelle Ritter Sweder van Bevern, Burgmann zu Nienborg und Herr auf Haus Havixbeck, gestorben sei. Schwer verwundet sei der Ritter aus dem Türkenkrieg heimgekehrt und in dem Moment, als er die Heimat erblickte, tot aus dem Sattel gestürzt.

„Aha", sagte Martin und betrachtete mißtrauisch sein Reittier. Geschichten, in denen jemand tot aus dem Sattel stürzte, behagten ihm gar nicht.

Ketteler dagegen war gutgelaunt. Der Ausritt tat ihm sichtlich wohl, und da er einmal ins Erzählen gekommen war, schloß er gleich die nächste Frage an: „Kennt Ihr die Geschichte vom Heiligen Ludgerus und den Gänsen?"

„Sie handelt von einem Brunnen in Billerbeck, nicht wahr?"

„Richtig, Pater. Ludger, der erste Bischof unseres schönen Münster, erging sich eines Tages auf dem Billerbecker Berg. Im Wald traf er eine Frau mit rußgeschwärztem Gesicht und verdreckten Kleidern. Ludger fragte die Frau, warum sie sich nicht wasche und ihre Kleider sauber halte. Die Frau antwortete, daß eine Dürre alle Brunnen ausgetrocknet habe, in der ganzen Gegend gäbe es kein Wasser. Da packte der Bischof zwei Gänse, die gerade über den Hof watschelten, und warf sie in den ausgetrockneten Brunnen. 'Herr', rief die Frau erschrocken, 'was macht Ihr mit meinen Gänsen?' Doch Ludger lachte: 'Die Tiere werden sich einen Weg suchen. Achtet darauf, wo sie wieder aus der Erde kommen. An jener Stelle grabt einen Brunnen! Er wird euch zu allen Zeiten Wasser geben und nie versiegen.' Kurz darauf sahen einige Leute aus Billerbeck, wie sich der Boden bewegte und zwei Gänse herauskrabbelten. Die Leute wunderten sich sehr, aber als sie von der Frau im Wald hörten, was es mit den Gänsen auf sich hatte, gruben sie an der Stelle einen Brunnen, der bis heute nicht versiegt ist."

„Eine schöne Geschichte", sagte Martin, „mag sie nun wahr sein oder nicht."

Der Freigraf war überrascht. „Glaubt Ihr etwa nicht an Wunder?"

„Hat Gott es nötig, sich um jede Kleinigkeit zu kümmern?" fragte der Jesuit zurück. „Muß er seine Macht beweisen, indem er Menschen mit Engeln reden oder geschnitzte Jesusfiguren bluten läßt? Offen gestanden, Freigraf, ich glaube, daß hinter vielen wundersamen Erscheinungen, von denen man in der heutigen Zeit hört, reine Scharlatanerie steckt. Da sind Leute am Werk, die es auf die Bewunderung oder den schnöden Mammon ihrer Mitmenschen abgesehen haben. Aber ich gebe zu, daß die Meinungen darüber in der katholischen Kirche gespalten sind. Die freigeistigsten Philosophen und Wissenschaftler unserer Zeit behaupten, daß sie die Welt ohne jegliche göttliche Einwirkung erklären können. Und die Astronomen sagen, daß die Sterne, die man am nächtlichen Himmel sieht, Sonnen sind, um die wiederum Planeten kreisen, auf denen Menschen leben könnten, die genauso denken wie wir. Wenn das alles stimmt, warum sollte sich Gott dann um einen ausgetrockneten Brunnen in Billerbeck sorgen?"

„Andere Menschen?" Ketteler schüttelte entsetzt den Kopf. „Das ist ja furchtbar."

„Nein. Es bedeutet, daß wir nicht einzigartig sind, daß wir uns täglich unsere Winzigkeit und unsere Vergänglichkeit vor Augen führen müssen."

„Beinahe möchte man meinen, daß Ihr, diesen Wissenschaftlern folgend, auch Gott für überflüssig erachtet."

„Keineswegs", widersprach Martin. „Gott hat den Anstoß zu allem gegeben. Das Universum, wenn es denn so riesig ist, wie die Astronomen annehmen, kann ja nicht aus sich selbst entstanden sein. Und jetzt betrachtet Gott, was wir daraus machen. Es liegt an uns, Freigraf. Krieg oder Frieden, Wohl oder Wehe."

„Wissen Eure Vorgesetzten, was Ihr denkt? Sie könnten einige Eurer Ansichten für ketzerisch halten."

„Ich vermute, sie wären nicht glücklich, wenn sie mich so reden hörten", gab Martin zu. „Auf der anderen Seite hat niemand die Wahrheit gepachtet, auch nicht die Gesellschaft Jesu. Es waren Jesuiten, die Galileo Galileis Forschungen begutachtet und trotzdem behauptet haben, daß die Sonne sich um die Erde drehe. Heute wissen wir, daß sich die Erde im Weltraum bewegt. Alle Menschen machen Fehler, selbst der Papst. Im übrigen verkünde ich das, was ich Euch gesagt habe, nicht von der Kanzel. Und Ihr plaudert es nicht aus, oder?"

„Ich bin verschwiegen wie ein Grab", grinste Ketteler. „Da!" Er zeigte nach vorn. „Seht Ihr die Kirchturmspitze? Sie gehört zur Ludgerikirche in Billerbeck."

„Ist Ludgerus nicht auch in Billerbeck gestorben?" fragte Martin.

„Ja. Er hielt die letzte Messe vor seinem Tod in der Johanniskirche zu Billerbeck."

Sie erreichten den Kirchplatz, auf dem eine mindestens zwölf Fuß hohe Martersäule errichtet war, die an die Leiden Christi gemahnte. Rings um dem Kirchplatz stand eine Reihe von Fachwerkhäusern.

Ketteler entschloß sich, zuerst den Drosten von Billerbeck aufzusuchen. Diesem oblag die Verwaltung des Dorfes, doch anders als in Münster, wo es ein Gremium von gewählten Stadträten gab, unterstand der Droste direkt den Räten des Fürstbischofs.

Der Droste wohnte mit seiner Familie in einem größeren, mit feinen Schnitzereien verzierten Haus. Er hieß Towichtrup und war ein alter, fast kahler und zahnloser Mann, dessen von aufgeplatzten Äderchen verunstaltetes Gesicht darauf schließen ließ, daß er dem Branntwein über Gebühr zusprach.

Towichtrup zeigte sich erfreut über den hohen Besuch und lud die beiden Männer ein, bei ihm zu nächtigen. Der Freigraf willigte gnädig ein, und bald saßen sie zusammen mit der Familie an einem großen, mit köstlichen Speisen beladenen Tisch. Die Aufforderung, sich keine Zurückhaltung aufzuerlegen, hätte man Ketteler nicht geben müssen. Kaum hatte er sich niedergelassen, hielt er auch schon sein Tischmesser, das er stets bei sich trug, in der Hand und schnitt ein großes Stück von dem herrlich duftenden Braten ab, das er laut schmatzend verzehrte.

Nach dem Essen begaben sich die Männer an den Kamin, und Ketteler setzte einen seiner *puros* in Brand, was den Drosten und sein aus der Entfernung zuschauendes Gesinde in helle Aufregung versetzte.

Nachdem er bereitwillig Auskunft über den Ursprung des Glimmstengels gegeben hatte, kam der Freigraf auf den Grund ihres Besuches zu sprechen.

„Ja, ich entsinne mich gut", sagte der Droste. „Es war eine schreckliche Zeit, damals. Der wilde Haufen kam über uns wie eine biblische Plage. Wohl zwei Tage lang wüteten sie in Billerbeck und Umgebung, plünderten und brandschatzten. Sie stahlen alles, was sie in die Finger bekamen, und keine Weibsperson, ob jung oder alt, war vor ihnen sicher. Als das schwedische Regiment einrückte, erschien uns das wie eine Erlösung. Endlich kehrten wieder Ruhe und Ordnung ein. Die Schweden kannten kein Pardon mit den Marodeuren, der Regimentskommandeur, ein einäugiger Obrist, ließ jeden zweiten von ihnen am Galgbaum aufknüpfen. Ihr könnt Euch vorstellen, daß wir alle gejubelt haben, mochten die Schweden auch lutherisch sein und harte Bedingungen stellen."

„Was für Bedingungen?" fragte Pater Martin.

„Nun, sie wollten verpflegt werden, verlangten frische Pferde und ein Schutzgeld."

„Erinnert Ihr Euch an einen Leutnant namens von Wartenberg?" erkundigte sich Ketteler. „Er hat die Hinrichtungen geleitet."

„Der Name sagt mir nichts", erwiderte der Droste, „aber wenn Ihr den jungen Leutnant meint, der das Würfelspiel überwachte, dann weiß ich, wen Ihr meint. Der Obrist hatte nämlich den Einfall ..."

„Ich weiß", unterbrach ihn Ketteler. „Ich bitte Euch, Herr Droste, beantwortet mir die folgende Frage so ehrlich und offen, wie Ihr könnt: Gibt es jemanden hier in Billerbeck, der den Leutnant haßt, der ihn auch heute noch, so viele Jahre nach dem damaligen Geschehen, vom Leben zum Tode befördern möchte?"

„Hier in Billerbeck?" Der Droste riß Augen und Mund auf. „Aber nein! Wie ich bereits sagte, waren wir alle froh, als die Schweden kamen. Natürlich, als braven Katholiken wäre uns die Armee des Kaisers oder der Katholischen Liga lieber gewesen. Doch warum sollten wir unsere Retter hassen?"

„Das dachte ich mir beinahe." Der Freigraf nahm einen großen Schluck Wein und schaute versonnen zum Kamin, in dem ein paar Holzscheite prasselten. „Ich habe neulich einen jungen Mann kennengelernt, einen Tuchhändler aus Billerbeck."

„Andreas Tortelt." Towichtrup nickte eifrig. „Ein strebsamer und liebenswürdiger Mann."

„Wann ist er nach Billerbeck gekommen?"

„Vor etlichen Jahren, da war er noch ein Jüngling. Er kam zusammen mit seiner Mutter. Ja, ich entsinne mich, sie trafen ein, kurz nachdem die Schweden abgezogen waren."

„Die Mutter war recht wohlhabend, nicht wahr?"

„Ja", stimmte der Droste zu. „Es hat uns einigermaßen verwundert."

„Warum?"

„Wie soll ich sagen, die beiden sahen nicht aus, als stammten sie aus einer vermögenden Familie. Sie trugen zerlumpte Kleidung, und am Anfang benahmen sie sich so, als wären sie lange Zeit mit dem Troß eines Heeres herumgezogen. Der junge Tortelt hat sich allerdings schnell eingefügt und sein erfolgreiches Geschäft aufgebaut."

„Wißt Ihr, woher das Vermögen stammt?"

„Nicht sicher. Die Alte antwortete ausweichend. Sie behauptete, ein Onkel habe es ihr vermacht."

„Lebt die alte Tortelt noch?"

„Nein, sie ist vor einem Jahr gestorben."

Eine Stunde später erklomm der Freigraf schwerfällig die Treppe, die zu der für sie hergerichteten Kammer führte. Pater Martin, der wie üblich nur an seinem Weinbecher genippt hatte, folgte ihm um einiges leichtfüßiger.

Ächzend setzte sich Ketteler auf das frisch bezogene Bett. Er gähnte. „Allzu viel hat die Reise bislang nicht erbracht. Ich hoffe, sie war nicht gänzlich umsonst."

„Von Andreas Tortelt habt Ihr mir bislang gar nichts erzählt", bemerkte Martin ein wenig vorwurfsvoll.

„Es war nur so ein Gedanke", murmelte Ketteler. Er streckte sich der Länge nach auf dem Bett aus. „Tortelt ist mit Rottendorffs Tochter verlobt, er hat von Wartenberg gesehen, als dieser Rosenhane aufsuchte. Und er kommt aus Billerbeck, dem Ort, wo Suasso ..."

„... die dritte Generalissimo verkauft hat", ergänzte Martin. „Außerdem verfügt er über ein Vermögen, dessen Herkunft dem Drosten mysteriös erscheint. Doch welchen Grund sollte er gehabt haben, den Obristleutnant zu ermorden? Er und seine Mutter kamen erst nach Billerbeck, als die Schweden bereits wieder abgezogen waren. Marodeur kann er ebenfalls nicht gewesen sein, dazu war er seinerzeit viel zu jung. Ich vermag mir keinen Reim aus dem Ganzen zu machen. Ihr vielleicht, Freigraf?"

Aber der Freigraf hörte nicht mehr zu. Er lag auf dem Rücken und schnarchte.

Am nächsten Morgen, nachdem sie sich am Waschgestell gereinigt und ein ausgiebiges Frühstück zu sich genommen hatten, suchten Pater Martin und der Freigraf das Kontor von Andreas Tortelt auf. Hier trafen sie einen ältlichen Prokuristen, der in Abwesenheit des Kaufmanns das Geschäft leitete.

Entgegen seiner Gewohnheit, die Dinge direkt anzugehen, verwickelte Ketteler den Prokuristen in ein lockeres Geplauder, bevor er sich langsam zum Gegenstand seines Interesses vortastete. Schließlich wollte er es sich nicht mit Doktor Rottendorff verderben, dessen Schwiegersohn Tortelt werden sollte. Doch alles vorsichtige Lavieren war zwecklos. Der Prokurist wußte nichts über den Ursprung des Kapitals, mit dem Tortelt und seine Mutter den Laden aufgebaut hatten. Er war, wie alle übrigen Beschäftigten, erst eingestellt worden, als das Geschäft bereits blühte.

„Und nun?" fragte Pater Martin, als sie das Kontor verlassen hatten. „Scheint so, als müßten wir unverrichteter Dinge nach Hause reiten."

Der Freigraf schaute sich um. Sein Blick fiel auf eine alte Frau, die ihn durch das Fenster des Nachbarhauses neugierig beobachtete. „Laßt mich noch einen Versuch wagen."

Er klopfte an die Scheibe, und die alte Frau öffnete.

„Gute Frau", dröhnte Ketteler mit seiner sonoren Stimme, „gestattet mir eine Bitte! Es ist die Bitte eines gramgebeugten Bruders, der gerade erfahren hat, daß seine Schwester vor einem Jahr gestorben ist."

„Ihr seid der Bruder von Frau Tortelt" fragte die Alte erstaunt.

„Der Stiefbruder, um genau zu sein. Wir sehen uns nicht sehr ähnlich. Ehrlich gesagt, ich habe meine Schwester vor vielen Jahren aus den Augen verloren. Doch in letzter Zeit plagte mich der Wunsch, sie noch einmal wiederzusehen. Und dann hörte ich, daß sie hier, in Billerbeck, einen Tuchhandel eröffnet habe. Seht, gute Frau, der Pater und ich haben den langen Weg aus Bremen hierher gemacht, und nun stehe ich da mit leeren Händen."

„Aber was kann ich für Euch tun?" Es klang nicht abweisend.

Ketteler senkte die Stimme. „Es würde mir schon reichen zu hören, wie es meiner Schwester in den letzten Jahren erging. So unter Frauen erzählt man sich doch einiges. Glaubt mir, ich könnte mit ruhigerem Gewissen die Heimreise antreten."

„Kommt herein!" entschied die Frau. Sie hatte Feuer gefangen.

„Ein wenig hat es mich schon erstaunt, als ich vom Reichtum meiner Schwester erfuhr", hob Ketteler an, als sie auf den harten Holzstühlen in der Küche saßen. „Sie stand nicht auf der Sonnenseite des Lebens, wißt Ihr. Ihr Mann, dieser Tortelt, war ein hartherziger und nichtsnutziger Kerl. Ich frage mich, wie er an das Geld gekommen ist, das er ihr vererbt hat."

Die Alte nickte. „Es stammt gar nicht von ihm."

„Nein?" Das Gesicht des Freigrafen verwandelte sich in

ein Fragezeichen. „Aber ich dachte ..."

„Er war ein Marodeur, den die Schweden am Galgbaum aufgehängt haben. Niemand wußte es. Ihre Schwester hat es mir kurz vor ihrem Tod anvertraut."

„Oh nein!" Der angebliche Bruder schlug mit gespieltem Entsetzen die Hände vors Gesicht. „Ich ahne Schlimmes. Sagt mir nicht, daß das Vermögen unrechtmäßig in ihre Hände gelangte!"

Jetzt war die Alte nicht mehr zu bremsen, die Worte sprudelten aus ihr heraus: „Die Schweden veranstalteten ein Würfelspiel um Leben und Tod. Und ausgerechnet sein Freund, der, dem er bei der Schlacht von Breitenfeld das Leben gerettet hat, mußte gegen Tortelt würfeln. Den Ausgang kennt Ihr. Dem Freund tat das schrecklich leid, er versprach der Witwe, ihr alles zu geben, was er vorher beiseite geschafft hatte. Und der junge Mann hielt tatsächlich Wort. Er ging nach Holland, machte seinen Schatz zu Barem und übergab das Geld Ihrer Schwester. So entstand das Tuchhandelsgeschäft."

Fünfzehntes Kapitel

Als sie am späten Nachmittag in Münster ankamen, ritten sie sofort zum Haus von Doktor Rottendorff. Der Hausherr empfing sie persönlich. Strahlend begrüßte er den bulligen Freigrafen und seinen geistlichen Begleiter: „Herr Freigraf, Pater Martin, wie schön, Euch zu sehen. Freiherr Rosenhane hat mir berichtet, daß Ihr nach Billerbeck gereist seid, weil Ihr hofftet, dort dem Mörder von Obristleutnant Wartenberg auf die Spur zu kommen. Wart Ihr erfolgreich?"

„Wie man's nimmt", knurrte Ketteler.

„Dann möchtet Ihr sicher mit dem Gesandten sprechen. Da muß ich Euch leider enttäuschen. Rosenhane konferiert in einer Domkurie, ich glaube, mit den Franzosen."

„Nein." Ketteler strich sich verlegen durch den Bart. „Wir möchten mit Andreas Tortelt sprechen."

„Mit Andreas?" Der Stadtarzt fiel aus allen Wolken. „Aber was hat denn der ..."

„Tut mir leid, Doktor, das ist eine polizeiliche Angelegenheit. Laßt mich zuerst mit Andreas sprechen. Vielleicht klärt sich ja alles zum Guten." Daran glaubte der Freigraf zwar selbst nicht, doch in diesem Moment brachte er es nicht übers Herz, seinem alten Freund Rottendorff die erschütternde Nachricht mitzuteilen. Und immerhin bestand noch die winzige Möglichkeit, daß sie sich irrten.

„Andreas ist nicht hier", antwortete Rottendorff geistesabwesend. „Er ist mit Albertina zur Messe in den Dom gegangen."

„Gestattet uns, hier auf ihn zu warten!" Ketteler wippte wie ein unruhiges Kind auf den Stiefelsohlen. Die Sache war ihm schrecklich unangenehm.

„Ja, natürlich." Der Arzt faßte sich an den blutleeren Kopf. „Laßt Euch in der Wohnstube nieder! Ich ... ich werde veranlassen ..."

Pater Martin legte seine Hand auf die Schulter des Arztes. „Wir kommen schon zurecht, Herr Doktor. Ich glaube, es wäre das beste, Ihr würdet Euch selbst ein wenig Ruhe gönnen."

„Es geht schon", stammelte Rottendorff. „Entschuldigt mich! Ich muß ... ich muß mit meiner Frau reden."

„Beim Arsch meines Lieblingshengstes", brummte Ketteler, als sie sich auf die gepolsterten Sessel vor dem Kamin setzten, „es gibt wirklich schönere Aufgaben, als einem Mann sagen zu müssen, daß seine Tochter mit einem Mörder verlobt ist."

„Er wird darüber hinwegkommen", sagte Martin. „Ein Arzt und Gelehrter mit seiner Erfahrung."

„Er schon", nickte der Freigraf. „Aber was ist mit Albertina? Sie ist noch so jung und zart. Hoffentlich tut sie sich nichts an." Er leckte sich über die Lippen. „Verdammt, jetzt könnte ich einen Tropfen gebrauchen."

Als hätte jemand seine Worte gehört, erschien kurz darauf eine Magd mit einem Krug Wein und zwei Bechern. „Doktor Rottendorff läßt sich entschuldigen. Ich soll Euch sagen, daß er gleich zu Euch kommt."

„Vielen Dank!" Ketteler hatte nur Augen für den Wein. „Wir haben Zeit."

Tatsächlich verstrich die Zeit langsamer, als ihnen lieb war. Irgendwann stießen Rottendorff und seine Frau zu ihnen. Während der Arzt einen gefaßten Eindruck machte, waren die Augen von Frau Rottendorff verquollen, als habe sie längere Zeit geweint. Sie blieb stumm und starrte mit leerem Blick ins Kaminfeuer, unterdessen die Männer ein mühseliges und verkrampftes Gespräch begannen, das sich um Belanglosigkeiten drehte. Immer wieder schaute Rottendorff zu der großen Tischuhr auf der Kommode.

„Ich verstehe das nicht", sagte er schließlich. „Sie müßten längst zurück sein."

„Könnten sie noch woanders hingegangen sein?" fragte Ketteler.

„Sie wollten nach der Messe sofort zurückkommen."

Frau Rottendorff schlug die Hände vors Gesicht. Ein stummer Weinkrampf schüttelte ihren Körper.

„Sagt uns endlich, weswegen Ihr Andreas sprechen wollt!" forderte der Stadtarzt. „Ich ertrage diese Ungewißheit nicht länger. Ihr macht so ein ernstes Gesicht, als habe er etwas verbrochen."

Der Freigraf schaute kurz zu Pater Martin, der ihm zunickte. „Nun gut, Ihr sollt es erfahren. Ich will nicht unken, doch wenn die beiden nicht bald hier erscheinen, besteht die Möglichkeit, daß sich Eure Tochter in Gefahr befindet."

Frau Rottendorff schrie auf, ihr Mann legte seinen Arm um ihre Schultern. „Um Himmels Willen, redet, Freigraf!"

Ketteler räusperte sich. „Wir haben Grund zu der Annahme, daß Andreas Tortelt der Mörder von Obristleutnant Falk von Wartenberg und Antonio Suasso, dem Tulpenhändler, ist."

„Was?" schrie Rottendorff. „Ihr müßt Euch irren. Andreas ist zu solchen Taten nicht fähig."

„Einen letzten Beweis haben wir nicht", gab der Freigraf zu. „Deshalb wollte ich ihn überrumpeln und zu einem Geständnis bewegen."

Frau Rottendorff stieß einen wimmernden Ton aus und sackte zusammen. Ihr Mann bemühte sich um sie, hielt ihr ein Riechfläschchen unter die Nase, bis sie wieder zu sich kam, und redete sanft auf sie ein. Schließlich nickte sie und verließ, auf ihren Gatten gestützt, das Zimmer, ohne den Freigrafen oder Pater Martin eines Blickes zu würdigen.

„Himmel, Arsch und Zwirn", knurrte Ketteler. „Manchmal hasse ich meinen Beruf."

„Die Wahrheit ist oft bitter", sagte Martin. „Aber die Lüge ist eine schwärende Wunde, die größeren Schaden anrichtet."

Kurz darauf kam Rottendorff zurück. Seine Lippen waren schmal, seine Stimme zitterte: „Ihr wißt, daß ich Euch großes Vertrauen entgegenbringe, Freigraf. Doch in diesem Fall verdächtigt Ihr den Falschen."

„Ich hoffe mit Euch, daß es so ist", seufzte Ketteler. „Leider sprechen die Fakten eine andere Sprache. Andreas hat als Jüngling mitangesehen, wie sein Vater hingerichtet wurde. Sein Vater war nämlich ein Marodeur, der zusammen mit anderen Kumpanen die Gegend um Billerbeck unsicher gemacht hatte. Ein schwedisches Regiment stellte die Ordnung wieder her, und der Offizier, der die Hinrichtungen leitete, war kein anderer als Falk von Wartenberg. Ich nehme an, daß der junge Tortelt damals Rache geschworen hat, verständlich wäre es allemal. Und ausgerechnet hier, in Eurem Haus, hat er von Wartenberg wiedergetroffen."

Der Stadtarzt dachte nach. „Und was ist mit der Tulpenzwiebel? Wie soll Andreas an die Generalissimo gekommen sein?"

„Ganz einfach, er hat sie in Billerbeck von Suasso gekauft. Wir haben in der Kammer des Holländers Aufzeichnungen gefunden, die von Pater Martin entschlüsselt wurden. Sie belegen eindeutig, daß Suasso in Billerbeck eine Generalissimo verkauft hat. Die Tulpenzwiebel, lieber Doktor, die neben der Leiche des Obristleutnants lag, hatte nur einen Zweck: Sie sollte uns verwirren und auf Abwege führen. Und das ist dem Mörder ja auch beinahe gelungen. Die ganze Zeit habe ich mich mit der verdammten Zwiebel beschäftigt und nicht um das Motiv für den Mord gekümmert. Bis uns klar wurde, daß der Schlüssel zu den Verbrechen in Billerbeck liegen mußte. Was Andreas allerdings nicht ahnte, war, daß Suasso von Billerbeck aus nach Münster reisen würde. Und aus meinem Mund hat der Tulpenhändler erfahren, daß *seine* Generalissimo neben der Leiche gefunden wurde. Ihr versteht, worauf ich hinauswill, Doktor: Suasso wußte jetzt, wer der Mörder des Obristleutnants war. Vielleicht hat er Andreas erpreßt, möglich auch, daß Tortelt den lästigen Mitwisser einfach beseitigen wollte. Er hoffte, daß mit dem Tod des Holländers die letzte Spur verwischt würde, die man bis zu ihm zurückverfolgen könnte. Und das wäre ihm ja auch beinahe geglückt."

Doktor Rottendorff schwieg lange. Dann schaute er zur Uhr und erschrak. „Mein Gott! Er hat meine Tochter in seiner Gewalt."

„Vielleicht haben sie einen Spaziergang gemacht", suchte Pater Martin eine harmlose Erklärung.

„Nicht, ohne uns Bescheid zu geben. Nein, es ist etwas Schreckliches geschehen." Der Stadtarzt wurde bleich.

„Beruhigt Euch, Rottendorff!" sagte Ketteler. „Die Stadttore sind geschlossen, er kann die Stadt nicht mehr verlassen. Und ich werde dafür sorgen, daß ab morgen früh alle, die sich den Stadttoren nähern, genauestens kontrolliert werden."

„Aber wie konnte er ahnen ..."

„Vermutlich hat Rosenhane ihm erzählt, daß der Freigraf und ich nach Billerbeck reiten", warf Martin ein.

„Ich selbst habe es ihm gesagt", jammerte Rottendorff. „Oh, ich Unglückseliger."

Ketteler schlug sich auf den Schenkel. „Verdammt, wir haben uns wie Trottel benommen. Er hat unsere Pferde hinter dem Haus gesehen und sich den Rest zusammengereimt. Wir hätten damit rechnen müssen, daß er nicht klein beigibt."

„Glaubt Ihr, daß er Albertina etwas antut?" fragte Rottendorff bang.

„Nein, das glaube ich nicht", antwortete der Freigraf mit Überzeugung. „Nur lebend hat sie einen Wert für ihn."

„Ihr meint ..."

„Ja, er könnte sie als Geisel benutzen, um die Freiheit zu erlangen. Und nach allem, was ich von dem Burschen weiß, wird er genau das versuchen." Ketteler stand auf. „Im Moment sind wir machtlos. Es ist zu dunkel, um mit der Suche zu beginnen. Ich lasse Euer Haus von Botmeistern beobachten. Sollte Tortelt hier auftauchen, werden sie ihn verhaften. Kommt er aber nicht, was anzunehmen ist, dann ziehe ich morgen früh alle verfügbaren Kräfte zusammen. Glaubt mir, Doktor, es wird in Münster kein Stein auf dem anderen bleiben, bis wir die beiden gefunden haben."

„Ich muß mich wieder um meine Schüler kümmern", sagte Pater Martin. „Und für das, was Ihr morgen zu tun habt, braucht Ihr mich ja nicht."

„Doch", sagte Ketteler mit düsterer Stimme. „Betet, daß wir Albertina gesund und munter finden."

„Das werde ich", versprach Martin. „Und laßt mich wissen, sobald es etwas Neues gibt. Ich glaube, ich werde keine Ruhe finden, bis die unselige Geschichte zu Ende ist."

„Sie muß und wird zu Ende gehen. Andernfalls würde ich lieber vor Scham im Boden versinken, als dem guten Rottendorff und seiner Frau noch einmal unter die Augen zu treten."

Vor dem Michaelistor blieben die beiden Männer stehen und reichten sich die Hände.

„Viel Glück!" sagte Martin.

„Danke. Das werde ich brauchen."

Der Freigraf wartete, bis der Jesuit auf dem Domplatz verschwunden war. Dann ging er mit festem Schritt zum Quartier der Botmeister, um seine Befehle zu erteilen.

Sechzehntes Kapitel

E in Junge hat den Brief von Tortelt überbracht", sagte
der Botmeister.
Ketteler schob sein halb ausgelöffeltes *Warmbier* zur
Seite. Der Ritt nach Billerbeck und die viel zu kurze Nacht
steckten ihm noch in den Gliedern. Er hatte Mühe, seine
Geisteskräfte zu sammeln. „Und was stand drin?"

„Das hat uns Doktor Rottendorff nicht verraten. Keine
frohe Nachricht, soviel ist sicher. Der Doktor wurde bleich
wie eine Leinwand."

Ketteler nickte. „Ihr habt den Botenjungen hoffentlich fest-
gehalten?"

Der Botmeister grinste. „Wir sind ja nicht blöd, Herr Freigraf." Sofort bereute er seine Frechheit und fügte unterwürfig hinzu: „Korporal Tombrink hat angeordnet, den Jungen
zu fesseln. Er meinte, Ihr würdet sicher mit ihm sprechen
wollen."

Mein junger, schlauer Korporal, dachte Ketteler. Er wollte
aufstehen, mußte sich aber auf dem Tisch abstützen, weil ihm
schwarz vor Augen wurde.

„Geht es Euch nicht gut?" fragte der Polizeidiener.

„Ausgezeichnet. Kümmer dich um deine eigenen Angelegenheiten!" knirschte der Freigraf zwischen zusammengebis-
senen Zähnen.

Zu allem Überfluß eilte auch noch der Diener Johan herbei
und erkundigte sich, ob er helfen könne.

„Verdammt nochmal, ich bin noch kein Tattergreis", fauchte Ketteler. Die Wut vertrieb die dunklen Flecken vor seinen

Augen. „Hol mir meinen Mantel, und dann scher dich an deine Arbeit!"

„Wie Ihr wünscht", sagte Johan beleidigt.

Der Bote, ein etwa elfjähriger Junge, stand mit gefesselten Händen und Füßen zwischen zwei Botmeistern auf der Straße und weinte jämmerlich. „Ich habe doch nichts getan", schluchzte er, als er den Freigrafen sah. „Der Mann hat gesagt, ich soll Doktor Rottendorff den Brief bringen. Was ist daran Unrecht?"

„Bindet ihn los!" sagte Ketteler zu den Polizeidienern. Er beugte sich zu dem Jungen hinunter: „Wie heißt du?"

„Ludwig. Ludwig Averbeck."

„Hör zu, Ludwig: Dir wird nichts geschehen. Du bist ein Zeuge. Du hast vielleicht etwas gesehen oder gehört, was mir weiterhilft. Ich werde jetzt zu Doktor Rottendorff gehen, und anschließend möchte ich mich mit dir unterhalten. Verstehst du das?"

Der Junge nickte.

„Du versuchst doch nicht wegzulaufen, oder?"

„Nein." Erneut schossen ihm Tränen in die Augen.

„Gut." Ketteler tätschelte kurz den blondgelockten Kopf und wandte sich dann zum Haus.

Korporal Tombrink, der die Tür bewachte, nahm Haltung an.

„Du warst mal wieder ein wenig übereifrig, Korporal", raunzte der Freigraf.

„Der Knabe könnte mit dem Täter unter einer Decke stecken", vesetzte Tombrink steif.

„Danach sieht er mir nicht aus. Behaltet ihn trotzdem im Auge. Falls er Anstalten macht, sich zu verdünnisieren, dann leg ihm meinetwegen wieder Fesseln an!"

Im Inneren des Hauses herrschte Grabesstille. Sogar die Diener und Mägde schlichen mit gesenkten Köpfen durch die

Flure. Doktor Rottendorff saß in der Wohnstube. Sein Gesicht drückte tiefe Niedergeschlagenheit aus, als er zu dem Besucher hochblickte.

„Er ist ein Teufel", flüsterte er mit heiserer Stimme. „Er droht, meine Tochter umzubringen."

„Wo ist Eure Frau?" erkundigte sich der Freigraf. „Ist sie wohlauf?"

„Sie liegt im Bett. Ich habe ihr Laudanum gegeben, damit sie ein wenig Ruhe findet."

„Darf ich das Schreiben lesen?" Ketteler deutete auf das Blatt, das der Doktor in der Hand hielt.

„Ihr müßt es sogar lesen, es ist auch an Euch gerichtet."

Ketteler hielt den Brief in seinen ausgestreckten Händen, nur aus dieser Entfernung konnte er die Schrift entziffern.

„Ihr braucht ein Lesegerät", lächelte Rottendorff.

„Findet Ihr? Es geht auch so."

Ehrwürdiger Doktor Rottendorff, ich bedaure zutiefst, daß mir unter den gegebenen Umständen nichts anderes übrig blieb, als Eure Tochter Albertina zum Faustpfand für meine eigene Freiheit und körperliche Unversehrtheit zu machen. Ihr könnt mir glauben, daß der Gedanke, Albertina Leid zuzufügen, mir keineswegs behagt. Doch vor die Wahl gestellt, höchstselbst gerädert oder geviertelt auf der Galgheide zu enden, oder das Leben Eurer Tochter zu opfern, würde ich mich ohne zu zögern für das letztere entscheiden. Wollt Ihr Albertina lebendig und heil zurück, müßt Ihr folgende Forderungen unverzüglich und unter Verzicht auf jegliche Hinterlist erfüllen. Erstens: Ich verlange freien Abzug für mich und meine Geisel. Zweitens: Händigt mir tausend Taler Weggeld aus. Im Gegenzug erhaltet Ihr von mir eine Vollmacht über mein Vermögen in Billerbeck, an dem Ihr Euch gütlich halten könnt.

Und nun noch ein Wort an den Freigrafen Ketteler: Ich gebe zu, daß ich Euch und Euren jesuitischen Hofhund unterschätzt habe. Ihr seid mir, wie auch immer, auf die Schliche gekommen. Allerdings habt Ihr damit nur Albertina in Gefahr und Leid über die Familie Rottendorff gebracht. Deshalb verlange ich, daß Ihr mir persönlich die Erfüllung meiner Forderungen garantiert. Ich erwarte Euch heute um zwölf Uhr an der Kapelle St. Georg.

Andreas Tortelt

P.S. Solltet Ihr, Freigraf, auf den Gedanken kommen, mich bei St. Georg zu verhaften, wird Albertina sterben müssen. Ich habe sie in einem unterirdischen Verlies eingeschlossen, zu dem nur ich den Zugang kenne.

„Wie großzügig!" höhnte Ketteler. „Bietet Euch Genugtuung aus seinem gestohlenen Vermögen an."

„Das ist doch jetzt nicht wichtig", sagte Rottendorff gereizt. „Ich will meine Tochter zurück, nur darauf kommt es an."

„Ihr seid also bereit, die tausend Taler zu zahlen?"

„Selbstverständlich. Ich habe zwar nicht genügend Bares zur Verfügung, aber ich denke, das Gruetamt wird mir einen Kredit gewähren, schließlich kann ich meine Immobilien als Sicherheit bieten." Er schaute zweifelnd. „Ihr werdet Euch doch mit ihm treffen, nicht wahr, Freigraf?"

„Sicher. Es kann nicht schaden, den Burschen anzuhören."

„Und ihm freies Geleit gewähren?"

„Die Entscheidung liegt nicht in meiner Hand, Doktor. Darüber muß ich mich mit den Bürgermeistern und dem Stadtrat beraten."

„Aber es geht um das Leben meiner Tochter."

„Das wird bei unseren Überlegungen an oberster Stelle stehen. Trotzdem können wir einen Verbrecher nicht einfach laufen lassen. Man wird die Auswirkungen zu bedenken haben, wenn sich so etwas herumspricht." Er klopfte Rottendorff auf die Schulter. „Habt Vertrauen zu mir, Doktor! Es wird alles gut."

Der Stadtarzt nagte an seiner Unterlippe. „Bei Gott, ich wollte, ich könnte Euch glauben."

Ungefesselt, aber immer noch verängstigt stand Ludwig Averbeck zwischen den Botmeistern. Als er den Freigrafen sah, huschte ein Lächeln über sein schmales Gesicht.

„Nun, Ludwig", begann Ketteler, „wo hast du den Mann getroffen, der dir den Brief gegeben hat?"

„Auf dem Krummen Timpen. Er hat mir einen Taler gegeben und gesagt, ich soll den Brief so schnell wie möglich zu Doktor Rottendorff bringen."

„Gut, Ludwig. Hast du gesehen, was der Mann danach gemacht hat? Ist er auf dem Krummen Timpen geblieben oder zu einer anderen Straße gegangen?"

Ludwig schüttelte betrübt den Kopf. „Nein, ich bin ja sofort losgerannt. Ich habe mich nicht mehr umgedreht."

„Na schön, du kannst gehen."

„Wirklich, Herr?" fragte Ludwig überrascht. „Und den Taler, darf ich den behalten?"

„Darfst du." Ketteler gab dem Jungen einen Klaps. „Lauf schon!"

Der ließ sich das nicht dreimal sagen.

Der Freigraf blieb auf der Straße stehen und dachte nach. Dann ging er noch einmal zu Doktor Rottendorff zurück, der gerade seinen Straßenmantel anlegte.

„Eine Frage, Doktor: Tortelt ist auf dem Krummen Timpen gesehen worden, die Kapelle St. Georg liegt ebenfalls in der Nähe des Bispinghofes. Habt Ihr eine Ahnung, wo sich Tortelt mit Albertina versteckt haben könnte?"

„Aber ... nein, das kann nicht sein."

„Was kann nicht sein?"

„Ich habe vor einigen Jahren ein Gelände gekauft, das dem Armenhaus zur Wieck gehörte. Es liegt zwischen dem Krummen Timpen und dem Bispinghof. Auf dem Grundstück steht ein kleiner Kotten. Allerdings weiß Tortelt nichts davon."

„Und Albertina?"

„Albertina?" Der Stadtarzt blinzelte erschrocken. „Das würde ja bedeuten ..."

„Verliebte sprechen über vieles", sagte Ketteler gutmütig. „Nicht nur über Gefühle."

Kurze Zeit später hatte sich der Stadtarzt zum Gruetamt aufgemacht, und der Freigraf führte eine längere Unterredung mit Koporal Tombrink. Der junge Korporal nickte beflissen zu den Anweisungen, die er von seinem Vorgesetzten bekam.

Um Punkt zwölf Uhr stand Ketteler vor der Kapelle St. Georg. Eine Minute nach der anderen verstrich, der Freigraf wurde allmählich unruhig, da raschelte es seitlich in den Büschen und Andreas Tortelt trat hervor. Seine Kleidung war verdreckt und das vormals unbekümmerte Gesicht hatte einiges von seinem jugendlichen Charme verloren.

„Sieh an!" dröhnte Kettelers Baßstimme. „Der nette Schwiegersohn entpuppt sich als Dieb und Mörder."

Tortelt starrte wütend zurück. „Ich habe nichts gestohlen, meine Mutter ist von einem Freund beschenkt worden."

„Ihr wißt genau, daß das Geld aus Plünderungen stammte."

„Und die Reichtümer der Generäle und Kriegsherren? Woher stammen die?"

„Laßt uns nicht über Politik reden, Tortelt. Dann stehen wir noch heute abend hier."

„Nein, Ihr wascht Eure Hände in Unschuld, Freigraf. Ihr seid der edle Untersuchungsrichter, der die Moral gepachtet hat."

Ketteler schnaubte. „Ob ich edel bin oder nicht, ist so wichtig wie ein Furz in der Hölle. Jedenfalls bin ich kein Mörder."

„Von Wartenberg hat den Tod verdient", sagte Tortelt bissig.

„Niemand hat den Tod verdient", versetzte der Freigraf kalt, „es sei denn, er ist von einem ordentlichen Gericht dazu verurteilt worden."

„Das ist die kleingeistige Sicht eines Polizisten. Der Freund meines Vaters hat von Wartenberg gebeten, nicht gegen meinen Vater würfeln zu müssen. Er wußte, daß er gewinnen würde, weil er immer gewann. Dieses Scheusal von Offizier hatte seine Freude daran, die Bitte abzulehnen. Er lachte höhnisch, als er meinen Vater an den Galgen schickte."

„Euer Vater war ein Verbrecher, verwechselt nicht Ursache und Wirkung!"

Für einen Moment sah es so aus, als wolle sich der Tuchhändler auf den Freigrafen stürzen. „Beleidigt meinen Vater nicht!" schrie er empört.

„Und verdrängt Ihr die Wahrheit nicht!" konterte Ketteler. „Ihr lebt in einem Netz von Hirngespinsten, junger Mann."

„Es wäre für Wartenberg leicht gewesen, diese kleine Gnade zu gewähren."

„Mag sein", stimmte der Freigraf achselzuckend zu. „Es ist nicht meine Aufgabe, den Obristleutnant zu verteidigen. Tatsache bleibt jedoch, daß Ihr einen zweiten Mord begangen habt. Der Tulpenhändler Suasso war nicht nur gänzlich unschuldig, sondern auch unbewaffnet. Dieser zweite Mord wiegt in meinen Augen noch schwerer als der erste."

„Suasso hätte mich verraten können, ich mußte ihn töten."

„Fällt Euch auf, daß Ihr in der Logik eines Mörders argumentiert?"

Falls Tortelt von Zweifeln geplagt wurde, so merkte man sie ihm nicht an. „Ich will nicht darüber disputieren, Freigraf. Seid Ihr bereit, auf meine Forderungen einzugehen oder nicht?"

Ketteler nickte. „Rottendorff stellt Euch tausend Taler zur Verfügung. Und nach Rücksprache mit dem Stadtrat kann ich Euch freien Abzug gewähren, allerdings unter der Bedingung, daß Ihr Albertina am Stadttor freigebt."

„Damit mich Eure Scharfschützen auf dem freien Feld abknallen können?" Tortelt zischte. „Ich bin kein Idiot, Freigraf. Ich sage Euch, wie wir es machen: Sobald ich das Geld habe und wir zehntausend Fuß zwischen uns und die Stadtmauern gebracht haben, kann Albertina reiten, wohin sie will."

Ketteler dachte kurz nach. „Nun gut, ich erkläre mich einverstanden."

„Gebt Ihr mir darauf Euer Ehrenwort als Freigraf?"

„Ihr habt mein Ehrenwort, Tortelt."

Der junge Mann schien ein wenig überrascht vom schnellen Erfolg. „Keine billigen Tricks, Freigraf. Ich komme um fünf Uhr heute nachmittag mit Albertina zum Ludgeritor. Dort überreicht Ihr mir persönlich die tausend Taler. Und solltet Ihr mich daran hindern wollen, die Stadt zu verlassen, muß Albertina sterben."

„Das wollen wir auf keinen Fall", erwiderte Ketteler.

„Dann seid bereit!" Tortelt zögerte einen Augenblick, doch da auch der Freigraf keine Anstalten machte, ihm die Hand zu reichen, schlug er sich wortlos in die Büsche.

Ketteler wartete vor der Kapelle, bis einige Zeit später Korporal Tombrink auftauchte. Der junge Korporal war wie vom Donner gerührt. „Ihr werdet es nicht glauben, Freigraf", sprudelte es aufgeregt aus ihm heraus.

„Was werde ich nicht glauben, Korporal?"

„Ich habe Albertina Rottendorff gesehen. Sie befand sich tatsächlich, wie Ihr vermutet habt, in dem kleinen Kotten. Aber – und das verstehe ich nicht – sie war nicht einmal gefesselt. Sie hätte jederzeit davonlaufen können."

„Das habe ich mir fast gedacht", lächelte Ketteler.

„Sie muß völlig verängstigt sein. Doch warum, um Himmels Willen, durfte ich sie nicht befreien? Eine günstigere Gelegenheit wird uns so schnell nicht mehr geboten."

„Das siehst du so, weil du jung und unerfahren bist, Korporal. Es gibt eine Zeit des Handelns und eine Zeit des Abwartens. Beides ist in der Polizeiarbeit gleich wichtig."

„Dann erklärt es mir, Herr Freigraf!"

„Warte einfach ab, was der Abend bringen wird! Das erspart mir viele Worte."

Damit ließ ihn der Freigraf stehen.

An diesem Nachmittag wurde Ketteler an verschiedenen Orten gesehen. Er sprach mit den Torwächtern am Ludgeritor, später suchte er noch einmal Doktor Rottendorff auf. Die Unterredung mit Rottendoff, bei der es zwischen den beiden Männer einige Male recht laut wurde, dauerte sehr lange und verlief ausgesprochen zäh, doch schließlich erklärte sich der Stadtarzt mit den Vorschlägen des Freigrafen einverstanden.

Kurz vor fünf Uhr, die Sonne senkte sich im Westen auf das Dörfchen Roxel, näherten sich Andreas Tortelt und Albertina Rottendorff auf Pferden dem Ludgeritor. Albertinas Hände waren mit einem Strick gefesselt, dessen Ende Tortelt an seinem Sattel festgebunden hatte.

Freigraf Ketteler stand allein im inneren Tor. Die Torflügel waren weit geöffnet, die Torwächter hatten sich zurückgezogen.

Tortelt hob seine Hand zum Gruß. „Nun, Freigraf, habt Ihr das Geld?"

„Es ist hier." Ketteler ergriff einen Lederbeutel, der an seinem Bein lehnte. „Tausend Taler, wie Ihr es gewünscht habt."

„Gebt her!" Der Mann aus Billerbeck hatte Mühe, den schweren Beutel, in dem die Geldstücke klimperten, in seiner Satteltasche zu verstauen. Er griff unter seinen Rock. „Ich habe die Vollmacht für Doktor Rottendorff bereits ausgestellt. Laßt sie ihm mit meinen besten Wünschen zukommen!"

„Behaltet sie!" sagte der Freigraf. „Der Doktor wünscht keine Vollmacht über geraubtes Gut."

„Wie Ihr meint." Tortelt kniff die Lippen zusammen. „Ich lasse Albertina frei, sobald wir weit genug entfernt sind. Und was uns beide angeht, Freigraf, so hoffe ich, daß wir uns nie mehr wiedersehen."

„Und was ist mit dir?" wandte sich Ketteler an Albertina, die den Kopf gesenkt hielt. „Kommst du zurück?"

Sie guckte ihn erstaunt an. „Warum sollte ich nicht?"

„Vielleicht, weil du mit diesem Windbeutel verschwinden willst?"

„Hört auf mit dem Gequatsche!" mischte sich Tortelt ein. „Wir reiten jetzt."

„Na dann." Der Freigraf legte seine Hand an die Krempe des Hutes. „Gute Reise!"

In diesem Moment fiel ein grobes Netz aus einer Luke im Torbogen, das den Geiselnehmer und sein Pferd einhüllte. Das erschrockene Pferd stieg hoch und warf den Reiter ab. Tortelt stieß einen gellenden Schrei aus, in dem sich Wut und Schmerz mischten. Noch auf dem Boden liegend, versuchte er, seine Pistole zu ziehen, doch die Torwächter, die jetzt aus allen Richtungen herbeieilten, überwältigten den im Netz Gefangenen.

„Andreas!" kreischte Albertina. „Laßt ihn los! Um Himmels Willen! Andreas!"

Auch Rottendorff tauchte aus dem Inneren des Tores auf. Mit einem energischen Griff riß er seine Tochter vom Pferd. Die hatte allerdings keinen Blick für ihn, ihre Augen waren auf Tortelt gerichtet, den die Wächter gerade fesselten.

„Warum habt ihr das getan?" Sie trommelte mit den Händen gegen die Brust des Vaters. „Warum habt ihr uns nicht gehen lassen?"

Wortlos zog der Stadtarzt seine Tochter mit sich.

Als der Gefangene abgeführt wurde, kam er dicht am Freigrafen vorbei, der das Geschehen seelenruhig verfolgt hatte.

Tortelt spuckte Ketteler vor die Füße. „Soviel ist Euer Ehrenwort wert, Freigraf."

Ketteler grinste. „Mein Ehrenwort gilt nur für Ehrenmänner, nicht für Diebe und Mörder. Ich schätze, wir sehen uns doch noch einmal wieder. Auf der Galgheide, wenn du, so der Stadtrat Gnade walten läßt, einen Kopf kürzer gemacht wirst." Er gab den Wächtern ein Zeichen. „Ab mit ihm!"

Schließlich trat Korporal Tombrink neben den Freigrafen. „Woher wußtet Ihr, daß Albertina mit Tortelt gemeinsame Sache machte?"

„Ich wußte es nicht, erst deine Beobachtung hat mir Gewißheit verschafft. Deshalb mochte ich Tortelt auch nicht verhaften, als ich vor St. Georg mit ihm sprach."

„Und warum durfte ich Albertina nicht befreien?"

„Vermeintlich befreien, meinst du wohl?" Ketteler klopfte dem Korporal auf die Schulter. „Was, wenn Albertina geschrien hätte wie am Spieß und Tortelt uns durchgebrannt wäre? Er hätte eine richtige Geisel nehmen und die ganze Geschichte viel komplizierter und gefährlicher machen können. Nein, als Polizist muß man auf den richtigen Augenblick warten, und der war gerade eben gekommen."

„Werdet Ihr Albertina anklagen?" erkundigte sich Tombrink.

„Nein. Ich hoffe, sie hat einen heilsamen Schock bekommen und wird bald begreifen, daß es ein Fehler war, Tortelt blindlings zu vertrauen."

Siebzehntes Kapitel

Meinen Glückwunsch, Freigraf!" sagte Pater Martin. „Ihr habt beide Fälle souverän gelöst. Und ganz ohne meine Hilfe. Zukünftig werdet Ihr meinen Rat wohl nicht mehr benötigen."

Das letzte klang ein wenig wehleidig, und Ketteler verstand den Wink. „So ein Blödsinn, Pater!" widersprach er heftig. „Ihr wart mir eine große Stütze."

„Ach, was!" winkte der Jesuit ab. „Ihr habt Henrich Witvogels Pflegemutter durchschaut, und Ihr wart es, der den Ursprung von Andreas Tortelts Vermögen entdeckt hat. Ich bin nur mitgelaufen."

Natürlich konnte Ketteler seinen Stolz auf die errungenen Erfolge nicht gänzlich verbergen. „Ein bißchen Glück war auch dabei", schränkte er ein. „Und vergeßt nicht meine langjährige Erfahrung. Aber ohne die Gespräche mit Euch wäre ich wohl kaum auf die richtigen Ideen gekommen. Ein Ermittler braucht einen gleichwertigen Partner, mit dem er sich austauschen kann."

„Ich bin also Eure Muse", lächelte Martin. „So habe ich mich auch noch nicht gesehen."

„Muse hin, Muse her, wir haben gewonnen, und nur das zählt."

Sie waren über den Domplatz gegangen und kamen jetzt zum Michaelistor, hinter dem der Prinzipalmarkt lag. Dort stand eine große Menschenmenge, die andächtig lauschend das Geschehen auf einem Planwagen verfolgte, der in der Mitte zwischen Rathaus und Lambertikirche aufgestellt worden war. Der Planwagen, den eine aus Hamburg angereiste Schauspieltruppe mitgebracht hatte, diente nämlich als Bühne, auf der die Schauspieler ein Theaterstück aufführten.

„Jeden Tag etwas Neues", sagte Ketteler. „Münster ist in diesen Tagen wahrlich eine Weltstadt. Habt Ihr eine Ahnung, was die da spielen?"

„Ja, ich habe mich erkundigt", antwortete Pater Martin. „Sie spielen ein Stück von Shakespeare, in deutscher Übersetzung."

Der Freigraf brach sich fast die Zunge an dem englischen Namen.

„Ein englischer Stückeschreiber", erklärte Martin. „Er hat wohl zwanzig oder mehr Theaterwerke geschrieben, historische Dramen und Komödien. Das englische Theater ist dem deutschen um einiges voraus. Man spielt in der Muttersprache und sogar für das einfache Volk. In London gibt es ein Theater, in dem jeden Abend mehr als tausend Zuschauer Platz finden."

„Wollt Ihr behaupten, daß jeden Abend so viele Londoner ins Theater gehen?" fragte Ketteler verwundert.

„So ist es, Freigraf. In England sind Schauspieler und Stückeschreiber berühmte Leute. Ich nehme an, wenn der Krieg vorbei ist und die Menschen in Deutschland wieder Zeit für die Künste haben, wird es so etwas wohl auch hier geben." Martin feixte. „Und dann kommt vermutlich niemand mehr zu unseren Jesuitendramen ins Paulinum." Anerkennend setzte er hinzu: „Ich habe mir eine Übersetzung von Shakespeare besorgt. Gegen seine Sprachgewalt wirken unsere Dramen tatsächlich wie platte Wortklaubereien. Er ist ein wahrer Dichter, Freigraf."

„Aha", sagte Ketteler ohne Überzeugung. „Und um was geht es bei diesem ... Dichter?"

„Meistens um Geschichten aus den Königshäusern. Das

Stück, das sie heute spielen, heißt *Hamlet*. Hamlet ist ein dänischer Prinz, dessen Vater von seinem eigenen Bruder getötet wird. Der Mörder heiratet die Witwe, das heißt Hamlets Mutter, und Hamlet, der bei dieser ruchlosen Vermählung nicht den Brautzeugen spielen will, stellt sich wahnsinnig."

„Mord und Totschlag also", stellte der Freigraf fest. „Damit habe ich täglich zu tun. Dafür muß ich nicht ins Theater gehen."

„Ihr seid ein Ignorant, Freigraf", tadelte Martin sanft. „Natürlich läßt sich die ganze Geschichte der Menschheit auf drei Beweggründe zurückführen: Geld, Macht und Liebe. Stellt Euch vor, Andreas Tortelt wäre ein Königssohn und Albertina Rottendorff eine Prinzessin! Dann hättet Ihr ein klassisches Drama, wie es schon die Griechen geschrieben haben: Der Königssohn rächt den Tod seines Vaters und wird selbst zum Mörder, die Prinzessin, von blinder Liebe geschlagen, folgt dem Königssohn ins Verderben."

„Aber da es sich um Bürgerkinder handelt, wird darüber nur eine Prozeßakte geschrieben. Ohne jede Aussicht auf ein glückliches Ende. Tortelt endet auf der Galgheide, Albertina weint ein paar Nächte und kommt dann hoffentlich zur Vernunft. Und niemand wird darüber auch nur eine Zeile verlieren. Wenn ich ehrlich sein soll, Pater, ist mir das auch lieber so. Ich möchte nicht in einem Stück von Schlackbier ..."

„Shakespeare."

„... wie auch immer, auftauchen."

Sie schlenderten langsam in Richtung Bühne, waren aber noch zu weit entfernt, um die Worte der Schauspieler zu verstehen.

„Wer weiß, worüber künftige Generationen schreiben werden", erwiderte der Jesuit. „Die Gier nach Liebe, nach Reichtümern, nach Macht lebt nicht nur in den Königshäu-

146

sern. Warum soll es nicht auch Dramen über die Tragik der einfachen Leuten geben?"

„Weil jeder in seinem eigenen Leben genug davon hat. Nehmt diesen Krieg, der nicht enden will. Wieviele Tote hat er gebracht, wieviele Familien sind zerrissen worden. Und wofür?"

Martin nickte. „Der Machthunger der Herrscher treibt ihn voran. Längst geht es nicht mehr um Religion, um die Frage, ob katholisch, lutherisch oder calvinistisch. Es geht um Macht und Einfluß, um ein Stück Land hier und da. Im Sommer schien der Frieden zum Greifen nah. Was hat den Kaiser nur bewogen, sein Glück erneut auf dem Schlachtfeld zu suchen? Jetzt muß er, wie man hört, schon wieder den Rückzug antreten."

„Tatsächlich?" verwunderte sich Ketteler. „Das ist mir neu."

„Die französischen und schwedischen Heere haben ihre Zwistigkeiten beseitigt, Turenne und Wrangel marschieren jetzt gemeinsam gegen den kaiserlichen Feldmarschall Melander. Und die vereinten habsburgischen und bayrischen Kräfte sind zu schwach, um diesem Ansturm standzuhalten. Melander hat sich, wie man hört, an der Donau verschanzt, aber wer weiß, wie lange er sich dort halten kann."

„Dann gehen die Friedensverhandlungen ja bald weiter", stellte der Freigraf nüchtern fest.

„Wohl wahr", stimmte Martin zu. „Wenn der letzte Kampf gefochten ist, wird der Frieden nicht mehr aufzuhalten sein."

Vor ihnen zischten ein paar wütende Zuschauer.

Sie schwiegen und hörten auf der Bühne einen schwarzgekleideten Hamlet sagen:

„Jetzt könnt ichs tun, bequem, er ist im Beten.
Doch das ist keine Rache!

Nein!
Wenn er berauscht ist, schlafend, toll,
In seines Betts blutschänderischen Freuden,
Beim Huren, Fluchen oder anderm Tun,
Dann stoß ihn nieder, daß gen Himmel er
Die Fersen bäumen mag.
Die Mutter wartet mein:
Dies soll nur Frist den siechen Tagen sein."

Glossar

Hexentanz, Hexensabbat
– Die Schilderung der alten Frau basiert auf mehreren Aussagen von Denunzianten, die solche Erlebnisberichte von münsterschen Frauen gehört haben wollen, beziehungsweise den, teilweise unter der Folter erzwungenen „Geständnissen" dieser Frauen. Inwieweit die der Hexerei Verdächtigten auf Suggestivfragen ihrer Verhörer reagierten oder landläufig verbreitete Hexengeschichten münsterisch abwandelten, ist nicht bekannt. Der letzte Hexenprozeß in Münster fand 1644 statt.

Botmeister
– Polizeidiener, die die Ge*bot*e des Stadtrates überbrachten

Doktor Rottendorff
– wohl der berühmteste münstersche Gelehrte des 17. Jahrhunderts. Neben seinen beachtlichen medizinischen Fähigkeiten, war er als Schriftsteller tätig, gab als Mäzen die Bücher anderer Autoren heraus und besaß eine umfangreiche Bibliothek. Außerdem war er lange Jahre Mitglied des münsterschen Stadtrates und vertrat Münster auf diplomatischem Parkett, wobei ihm die medizinische Hilfe, die er Fürsten und Hofbeamten des Kaisers zukommen ließ, ein hervorragendes Entree verschaffte.

Tulpenfieber in den Niederlanden
– In Wirklichkeit fand die Spekulationswelle, die einen großen Teil der niederländischen Bevölkerung erfaßte, etwa

zehn Jahre früher statt. Während die Romanhandlung, wie man aus den Gesprächen über den Kriegsverlauf erkennen kann, im Herbst 1647 angesiedelt ist, erreichte der Tulpenwahn in den Jahren 1636/37 seinen Höhepunkt.

Spekulationsgewinne waren an der Amsterdamer Börse keine Seltenheit. Doch erstmalig betraf der sensationelle Preisanstieg keine klassischen Spekulationsobjekte, wie Edelmetalle, Edelsteine oder seltene Gewürze, sondern eine schlichte Blume, die sich beliebig nachzüchten ließ. Andererseits war der große Nachschub, den die Tulpenzüchter liefern konnten, auch die Voraussetzung dafür, daß breite bürgerliche Schichten von der Spekulationslust erfaßt wurden.

Auf dem Höhepunkt der Spekulation, Anfang 1637, wurden keine realen Tulpenzwiebeln mehr gehandelt, sondern nur noch Papiere mit imaginären Lieferdaten. Heute würde man von Options- oder Derivategeschäften reden. „Je näher am Lieferdatum ein Handel abgeschlossen wurde, desto größer war das Risiko für den Käufer, das Konto mit dem Züchter begleichen zu müssen, um so blendender aber auch die Aussicht, einen Gewinn aus den Preisen, die mit jedem Tag und jeder Stunde stiegen, zu erzielen." (Simon Schama)

Im Februar 1637 brach der Tulpenhandel dann zusammen. Gerüchte über ein bevorstehendes Eingreifen der Behörden ließen die Preise innerhalb weniger Tage gegen Null sinken. Die Züchter, die befürchten mußten, auf unverkäuflichen Beständen sitzen zu bleiben, reagierten schnell. Sie boten ihren Vertragspartnern (die ja noch nicht bezahlt hatten) an, gegen Zahlung von zehn Prozent der ursprünglich vereinbarten Kaufsumme vom Kauf zurücktreten zu können. Doch auch diese Summe schien dem Großen Rat von Holland, der die zahlreichen Vertragsstreitereien regelte, noch zu hoch. Im Jahr 1638 traf er die Entscheidung, daß alle offenstehenden vertraglichen Verpflichtungen durch die Zahlung von 3,5

Prozent des ursprünglichen Kaufpreises beglichen werden konnten.

aze
– Gewichtseinheit, entspricht 1/20 Gramm

Varen
– eine Form von Gicht, die im Körper wandert (Athritis vaga). Nach damaligem Volksglauben stellte man sie sich als Würmer vor, die durch den Leib krochen.

Felken
– Die riesigen Hauben der Münsteranerinnen, eine westfälische Besonderheit, verblüfften und irritierten viele ausländische Gesandte. Der päpstliche Nuntius und Friedensvermittler Fabio Chigi, der spätere Papst Alexander VII., beschrieb die Felken in einem Gedicht so:
„Stelle dir vor ein flaches halbkreisförmiges Brettchen,
Ringsherum ist es ganz mit schwarzer Wolle bedeckt.
Vorn an der Stirn hält die Kordel es fest; der Bogen ist hinten.
Von diesem Brett fällt ein Tuch fast bis zur Schulter herab.
Vorn ist es zwei Fuß breit, der Bogen mißt drei Fuß im Umfang,
Und der Schleier daran ist eine Elle wohl lang.
Sind die Schultern bei stärkeren Frauen von größerem Umfang,
Und im Sachsenland ist das ja gewöhnlich der Fall:
Dann nimmt man für den Schnitt der Kleider größere Maße,
Wie es jeweils der Gestalt und ihren Gliedern entspricht.
(...)
Tragen die Frauen Westfalens die halbmondförmigen Hauben:
Wie eine Phalanx erscheint dann ihr geschlossener Zug! –

Wie im eisigen Winter, so geht man im glutheißen Sommer
In dieser prachtvollen Tracht; ja, wenn es regnet sogar."

Gymnasium Paulinum
– ehemalige Domschule, die fast zeitgleich mit dem Bistum
Münster, also vor etwa 1200 Jahren, gegründet wurde. (Das
noch heute existierende Gymnasium Paulinum ist damit
auch älter als die Stadt Münster, die zwar bereits ihr 1200jäh-
riges Bestehen gefeiert hat, tatsächlich aber erst einige Jahr-
hunderte später das Stadtrecht erhielt.)

Im Jahr 1588 übernahmen die Jesuiten, mit Unterstützung
des Fürstbischofs und gegen den Widerstand der Gilden, das
Gymnasium. Innerhalb von vier Jahren stieg die Schülerzahl
auf über 1000. Dies ist um so bemerkenswerter, als im damaligen Münster nur etwa 10.000 Menschen lebten.

Das Gymnasium verfügte im 17. Jahrhundert über eine
theologische Fakultät, in der auch Priester ausgebildet (und
promoviert) werden konnten, für andere Studiengänge (Medizin, Jura), die die Jesuiten grundsätzlich nicht lehrten,
mußten „richtige" Universitäten besucht werden.

Immunität, Domimmunität
– Die Rechtshoheit im Münster zur Zeit der Friedensverhandlungen war deshalb kompliziert, weil die Stadt zwei
Regenten hatte: den von den Bürgern gewählten Stadtrat und
den Fürstbischof als Landesherrn. Der Stadtrat nahm für sich
das *merum et mixtum imperium,* die hohe und niedere Gerichtsbarkeit, in Anspruch. Ausgenommen von der städtischen Gerichtsbarkeit waren Geistliche und solche Verbrechen, die auf kirchlichen Gebieten (Immunitäten) verübt
wurden.

Die Domimmunität, der Domplatz mit den umliegenden
Domkurien (einschließlich des Gymnasiums), stellte quasi

eine Stadt innerhalb der Stadt dar. Die Domimmunität war von Mauern umgeben, die Tore wurden von kirchlichen Wächtern kontrolliert. Auf der Domimmunität regierte allein das Domkapitel, die vom Bischof ernannten Domherren.

Mehrfach kam es zu Auseinandersetzungen zwischen Stadtrat und Domkapitel über die Zuständigkeit. So im Jahr 1588, als der Komtur Melchior Droste zu Senden von zwei Domherren auf dem Aegidii-Friedhof (also auf städtischem Gebiet) ermordet wurde. Der Stadtrat verlangte die Auslieferung der Domherren, was vom Domkapitel verweigert wurde.

Im Jahr 1637 wurde Rittmeister von Klencke von Generalwachtmeister Freiherr von Westerholt vor dem Haus des Domdechanten Mallinckrodt (also auf der Domimmunität) niedergestochen, verstarb aber erst einen Tag später in einem Gasthaus auf städtischem Gebiet. Wiederum erklärte sich der Stadtrat für zuständig, und wiederum weigerte sich das Domkapitel, den Generalwachtmeister auszuliefern.

1661 mußte sich Münster dem neuen Fürstbischof Christoph Bernhard von Galen, der die Stadt zuvor mehrfach belagert hatte, vollständig unterwerfen und verlor alle, in den zurückliegenden Jahrhunderten zäh verteidigten Privilegien.

Leischaft
– Stadtbezirk mit eigenen Organen, die sowohl die Angelegenheiten der Bürger regelten, wie auch die Verteidigung eines Abschnitts der Stadtmauer organisierten. Münster war in sechs Leischaften unterteilt: Martini, Lamberti, Ludgeri, Aegidii, Jüdefelder und Unserer Lieben Frauen. Die Domimmunität, also der Domplatz mit den umliegenden Kurien, gehörte keiner Leischaft an.

Höcker
– einfacher Händler

Generalstaaten
– gebräuchliche Bezeichnung für die sieben abtrünnigen Provinzen der spanischen Niederlande (von *Generalstände* – gemeinsame Vertretung mehrerer Territorien), die sich später zu der Republik der Vereinigten Niederlande zusammenschlossen und im Westfälischen Frieden von 1648 ihre staatliche Unabhängigkeit erhielten. Oberster politischer Beamter der Republik war der *Ratspensionär*, der sich mit dem *Statthalter* (aus dem Haus Oranien) die Macht teilte.

Fall Anna Holthaus
– der bereits erwähnte letzte Hexenprozeß aus dem Jahr 1644. Anna Holthaus wurde von ihrem Pflegekind, dem achtjährigen Arnold Ramers, beschuldigt, eine Hexe zu sein. Obwohl Anna Holthaus die Verdächtigungen hartnäckig bestritt und auch keine weiteren Beweise vorlagen, ließ der Stadtrat die Frau verhaften und foltern. Doch selbst unter der Folter legte sie kein Geständnis ab, und somit stand der Stadtrat vor der Schwierigkeit, eine Entscheidung treffen zu müssen. Er fand eine Art Kompromiß zwischen Schuld– und Freispruch und wies die Holthaus aus der Stadt. Damit schlug die Stunde des Mobs. Außerhalb der Stadtmauern wurde die alte Frau von einer Bande Jugendlicher mit Steinen beworfen und in den Stadtgraben gedrängt, wo sie ertrank.

Laudanum
– im Mittelalter Bezeichnung für jedes Beruhigungsmittel, später eingeschränkt auf Opium-Mixturen. Als Alkohol-Opium-Cocktail war Laudanum ein beliebtes Rauschmittel.

Gruetamt
– städtische Kämmerei, die auch als Vorläufer der Stadt-
sparkasse diente. Reiche Münsteraner hinterlegten im Gruetamt ihre Ersparnisse und konnten bei ausreichenden Sicher-
heiten einen Kredit bekommen.

Literatur

Sabine Alfing: Hexenjagd und Zaubereiprozesse in Münster, Münster 1991

Heinrich Boehmer: Die Jesuiten, Stuttgart 1957

Fabio Chigi: Gedichte zu seinem Aufenthalt in Münster, übersetzt von Dr. theol. Hermann Bücker, Münster 1975

Fritz Dickmann: Der Westfälische Friede, Münster 1972

Hans J. von Grimmelshausen: Der abenteuerliche Simplicissimus, Darmstadt 1978

Alwin Hanschmidt: Zwischen bürgerlicher Stadtautonomie und fürstlicher Stadtherrschaft, in: Geschichte der Stadt Münster, Band 1, Münster 1993

R. Po-chia Hsia: Gesellschaft und Religion in Münster 1535 - 1618, Quellen und Forschungen zur Geschichte der Stadt Münster, Neue Folge, 13. Band, Münster 1989

Helmut Lahrkamp: Dreißigjähriger Krieg – Westfälischer Frieden, Münster 1997

Helmut Lahrkamp: Ein Arzt und Dichter im Barockzeitalter. Aus dem Leben des Dr. med. Bernhard Rottendorff, in: Quellen und Forschungen zur Geschichte der Stadt Münster, Neue Folge, 15. Band, Münster 1991

Helmut Lahrkamp: Münsters Verteidigung 1633/34. Ein Beitrag zur Geschichte des Dreißigjährigen Krieges im Münsterland, in: Quellen und Forschungen zur Geschichte der Stadt Münster, Neue Folge, 11. Band, Münster 1984

Helmut Lahrkamp: Ein münsterischer *Kriminalfall* des Jahres 1637, in: Westfalen, Hefte für Geschichte, Kunst und Volkskunde, Band 42, 1964

Helmut Lahrkamp: Münster als Schauplatz des europäischen Friedenskongresses (1643-1649), in: Geschichte der Stadt Münster, Band 1, Münster 1993

Helmut Lahrkamp (Hg.): Münsters Bevölkerung um 1685, Quellen und Forschungen zur Geschichte der Stadt Münster, Neue Folge, 6. Band, Münster 1972

Simon Schama: Überfluß und schöner Schein. Zur Kultur der Niederlande im Goldenen Zeitalter, München 1988

Bernd Schönemann: Die Bildungsinstitutionen in der frühen Neuzeit, in: Geschichte der Stadt Münster, Band 1, Münster 1993

Gisela Schwarze: Westfalen, Nürnberg 1968

Gunnar Teske: Bürger, Bauern, Söldner und Gesandte, Münster 1997

Theun de Vries: Baruch de Spinoza, Reinbek bei Hamburg 1970

C.V. Wedgwood: Der 30jährige Krieg, München 1990

Simon Wiesenthal: Segel der Hoffnung, Frankfurt/M 1991

Wilsberg-Krimis von Jürgen Kehrer

Und die Toten läßt man ruhen
Der erste Wilsberg-Krimi - Vom ZDF verfilmt
ISBN 3-89425-006-2 DM 14,80
»eine Story vom Feinsten ... dramaturgisch perfekt bis aufs I-
Tüpfelchen.« (Leo's Magazin)

In alter Freundschaft
Der zweite Wilsberg-Krimi - Vom ZDF verfilmt
ISBN 3-89425-020-8 DM 14,80
Eine ausgerissene minderjährige Punkie, eine verschwundene Ex-
Freundin und ein bestohlener Disco-Chef.

Gottesgemüse
Der dritte Wilsberg-Krimi ISBN 3-89425-026-7 DM 14,80
Ein Professor verschwindet, und Georg Wilsberg muß sich auf den
Psychoterror einer fanatischen Sekte einlassen.

Kein Fall für Wilsberg
Der vierte Wilsberg-Krimi ISBN 3-89425-039-9 DM 14,80
Dubiose Waffengeschäfte, eine Familie, in der jeder jeden haßt, und ein
Firmenchef mit Doppelleben.

Wilsberg und die Wiedertäufer
Der fünfte Wilsberg-Krimi ISBN 3-89425-047-X DM 14,80
Das »Kommando Jan van Leiden« fordert vom Bischof eine halbe
Million. Und Wilsberg soll Geldbote spielen.

Schuß und Gegenschuß
Der sechste Wilsberg-Krimi ISBN 3-89425-051-8 DM 14,80
Wilsberg spielt in einem Reality-TV-Film sich selbst. Kurz nach Dreh-
beginn kommt es zu schweren Unfällen.

Bären und Bullen
Der siebte Wilsberg-Krimi ISBN 3-89425-065-8 DM 14,80
Wilsberg soll eine Entführung aufklären. Den Hintergrund hat ihm sein
alter Kumpel Willi verschwiegen.

Das Kappenstein-Projekt
Der achte Wilsberg-Krimi ISBN 3-89425-073-9 DM 14,80
Ein Serienkiller mordet grüne Politiker. Die Stadtkämmerin engagiert
Wilsberg als Leibwächter.

Das Schapdetten-Virus
Der neunte Wilsberg-Krimi ISBN 3-89425-205-7 DM 14,80
Wilsberg bewacht 100 Affen, die für medizinische Experimente
bestimmt sind.

Irgendwo da draußen
Der zehnte Wilsberg-Krimi ISBN 3-89425-208-1 DM 14,80
Wilsberg soll herausfinden, ob Außerirdische die junge Corinna in den
Tod getrieben haben.

azkehrer.0498.cdr5